추월색 외

한국문학산책 50 신소설
추월색 외

지은이 **최찬식, 장지연**
엮은이 **송창현**
펴낸이 **안용백**
펴낸곳 **(주)넥서스**

초판 1쇄 인쇄 2013년 6월 15일
초판 1쇄 발행 2013년 6월 20일

출판신고 1992년 4월 3일 제311 - 2002 - 2호
121 - 840 서울시 마포구 서교동 394 - 2
Tel (02)330 - 5500 Fax (02)330 - 5555

ISBN 978 - 89 - 6790 - 082 - 3   04810

출판사의 허락없이 내용의 일부를
인용하거나 발췌하는 것을 금합니다.

가격은 뒤표지에 있습니다.
잘못 만들어진 책은 구입처에서 바꾸어 드립니다.

www.nexusbook.com
지식의 숲은 (주)넥서스의 인문교양 브랜드입니다.

한국문학산책 50
신소설

최찬식, 장지연
추월색 외

송창현 엮음·해설

지식의숲

* 일러두기

1. 시대 분위기와 작가의 개성이 드러나는 문장이나 방언, 속어, 고어 등은 원문 표기를 따랐다.
2. 원본 한자는 한글로 바꾸고 작품의 이해에 필요한 경우에만 한자를 병기하였다.
3. 독자들의 이해를 높이기 위해 필요한 경우 괄호 속에 뜻풀이를 달았다.

차례

추월색 ...007
애국부인전 ...103

추월색

_최찬식

여학생과 소년

 시름없이 오던 가을비가 그치고 슬슬 부는 서풍이 쌓인 구름을 쓸어 보내더니, 오리알 빛 같은 하늘에 티끌 한 점 없고 교교한 추월색이 천지에 가득하니, 이때는 사람 사람마다 공기 신선한 곳에 한 번 산보할 생각이 도저히 나겠더라.
 밝고 밝은 그 달빛에 동경 우에노(上野) 공원이 일폭 월세계를 이루었으니, 높고 낮은 누대는 금벽이 찬란하며 꽃 그림자 대 그늘은 서로 얽혀 바다 같고, 풀 끝에 찬 이슬은 낱낱이 반짝거려 아름다운 야경이 그림같이 영롱한데, 쾌락하게 노래를 부르고 오락가락하는 사람들은 모두 달구경하는 사람이더니, 밤은 어느 때나 되었는지 그 많던 사람이 하나씩 둘씩 다 헤져 가고 적적한 공원에 월색만 교결한데, 그 월색을 안고 불인지 관월교 돌난간에 의지하여 오똑 서 있는 사람은 일개 청년 여학생이더라.

그 여학생은 나이가 십팔구 세쯤 된 듯하며 신선한 조화로 머리를 장식하고 자줏빛 하가마(袴)를 단정하게 입었는데 그 온아한 태도가 어느 모로 뜯어보던지 천생 귀인의 집 규중에서 고이 기른 작은아씨더라.

그 여학생의 심중에는 무슨 생각이 그리 첩첩한지 힘없이 서서 달빛만 바라보는데, 그 달의 정신을 뽑아다가 여학생의 자색을 자랑시키려고 한 듯이 희고 흰 얼굴에 맑고 맑은 광선이 비치어, 어여쁜 용모를 이루 형용키 어려우니, 누구든지 한 번 보고 또 한 번 다시 보지 아니치 못하겠더라.

그 공원 속에 남아 있는 사람은 이 여학생 한 사람뿐인 듯하더니, 어떤 하이칼라 소년이 술이 반쯤 취하여 노래를 부르고 불현듯 옆으로 내려오는데, 파나마모자를 푹 숙여 쓰고, 금테 안경은 코허리에 걸고, 양복 앞섶을 떡 갈라 붙인 속으로 축 늘어진 시곗줄은 월광에 비치어 반짝반짝하며, 바른손에는 반쯤 탄 여송연을 손가락에 감아쥐고 왼손으로 단장을 들어 향하는 길을 지점하고 희동희동 내려오는 모양이, 애매한 부형의 재산도 꽤 없애 보이고, 남의 집 색시도 무던히 버려 주었겠더라.

그 소년이 이 모양으로 내려오다가 관월교 가에 홀로 섰는 여학생을 보더니 모자를 벗어 들고 반갑게 인사한다.

"아, 오래간만에 뵈옵니다. 그 사이 귀체 건강하시오니까?"

"네, 기운 어떠시오?"

"요사이는 어째 그리 한 번도 만나 뵈올 수 없습니까?"

"근일에 몸이 좀 불편해서 아무 데도 못 갔습니다."

"아, 어쩐지 일요 강습회에도 한 번 오시지 않기에 무슨 사고가 계신가 하고 매우 궁금히 여기던 차올시다. 그래 지금은 쾌차하시오니까?"

"조금 낫습니다."

"나도 근일에 몸이 대단히 곤하여 오늘도 종일 누웠다가 하도 울적하기에 신선한 공기나 좀 쏘여 볼까 하고 나왔더니, 비 끝에 달빛이 참 좋습니다. 그러나 추월색은 영인초창이라더니, 그야말로 사람의 마음을 정히 상하게 합니다그려……. 허허허."

"……."

"그러나 산본 노파를 언제 만나 보셨습니까?"

"산본 노파가 누구오니까?"

"아따, 우리 주인 노파 말씀이오."

"글쎄요, 언제 만나 보았던지요."

여학생의 대답이 그치자, 소년이 무슨 말을 할 듯 할 듯하다가 아니하고 또 무슨 말을 하려고 입을 벙긋벙긋 하다가 못 하더니 여학생의 얼굴을 다시 한 번 건너다보면서,

"그 노파에게 무슨 말씀을 들어 계시지요?"

여학생은 그 말을 들었는지 못 들었는지 아무 말 없이 비슥 돌아서며 이슬에 젖은 국화 가지를 잡고 맑은 향기를 두어 번 맡을 뿐인데, 구름 같은 살쩍과 옥 같은 반 뺨이 모두 소년의 눈동자 속으로 들어간다. 그 소년은 그렇게 하기 어려운 말을 한마디 간신히 하였건마는 여학생의 대답은 없으며, 물끄러미 한참 보다가 말 한마디를 또 꺼내더라.

"그 노파에게도 응당 자세히 들어 계시겠지마는, 한 번 조용히 만나면 할 말씀이 무한히 많던 차올시다."

그 소년은 여학생을 만나 인사하고 수작 붙이는 모양이 매우 숙친도 한 듯이, 무슨 간절한 의논도 있는 듯이 노파를 얹어 가며 말하는데, 그 말 속에 무슨 은근한 말이 또 들었는지 여학생은 그 말대답도 아니하고 먼 산을 한 번 바라보더니,

"야심한 듯하니 집으로 돌아가겠습니다. 용서하십시오."

하고 천천히 걸어 내려간다.

그 소년의 마음에는, 어떤 욕망이 있는지 여학생이 대답하는 양을 들어 보려고 그 말끝을 꺼낸 듯한데, 여학생은 냉연히 사절하는 모양이니 소년도 그 눈치를 알았을 듯하건마는 무슨 생

각으로 내려가는 여학생을 굳이 따라가며 이 말 저 말 또다시 한다.

"괴로운 비가 개더니 달빛이 참 좋습니다. 공원이란 곳은 원래 풍경이 좋은 곳이지마는, 저 달빛이 몇 배나 공원의 생색을 더 냅니다그려. 인간이 이별하고 만나는 인연은 실로 부평 같은 일이지마는, 지금 우리가 이렇게 좋은 곳에서 기약 없이 만나기는 참 뜻밖의 기회요그려……. 여보시오, 조금도 부끄러우실 것 없소. 서양 사람들은 신랑 신부가 직접으로 결혼한답디다. 우리도 소개니 중매니 할 것 없이 직접으로 의논함이 좋지 않겠습니까?"

"닿다가 그게 무슨 말씀이오?"

"이렇게 생시치미 뗄 것 있소. 아까도 말씀하셨거니와 왜 노파를 소개하여 의논하던 터가 아니오니까?"

"기다랗게 말씀하실 것 없습니다. 노파든지 누구든지 나는 이왕 결심한 바가 있다고 말한 이상에 당신은 번거로이 다시 말씀하실 필요가 없습니다. 다른 일로나 교제하실 것이오. 그 말씀은 영구히 단념하시오."

그 여학생과 소년의 수작이 이왕도 많이 언론되던 일인 듯한데, 여학생은 이처럼 거절하니 소년이 사람스러운 터 같으면 이렇게 거절당할 듯한 말을 당초에 내지 아니하였을 터이요, 또 거절을 당하였으면 무안하여도 저는 저대로 가서 달리나 운동하여 볼 것이언마는, 또 무슨 생각이 그렇게 민첩하게 새로 생겼던지, 가장 정다운 체하고 여학생의 옆으로 바싹바싹 다가서더니,

"당신이 결심한 바는 내가 알려고 할 것 없거니와 저기 저것 좀 보시오. 어제같이 작작하던 도화가 어느 겨를에 다 날아가고, 벌써 가을바람에 단풍이 들었소그려. 여보, 우리 인생도 저와 같이 오늘 청춘이 내일 백발은 정한 일이 아니오. 이처럼 무정한 세월이 살같이 빠른 가운데 손(客)같이 잠깐 다녀가는 우리는 이 한 세상을 이렇게도 지내고 저렇게도 지내 봅시다그려. 허허허허……."

소년이 그렇게 공경하던 예모가 다 어디로 가고 말을 그치자 선웃음을 치며 여학생의 옥 같은 손목을 턱 잡으니 여학생은 기가 막혀서,

"이것이 무슨 무례한 짓이오. 점잖은 이가 남녀의 예우를 생각지 아니하고 이런 야만의 행위를 누구에게 하시오?"
하고 손목을 뿌리치는데,

"이렇게 큰 변될 것 무엇 있소. 야만커녕 문명국 삶은 악수례만 잘들 하데……. 이렇게 접문례도 잘들 하고……. 하하……."
하면서 한층 더해서 접문례를 하려고 달려드니, 여학생은 호젓

한 곳에서 불의에 변괴를 당하매 분한 마음이 탱중하나 소년의 패행이 이 지경에 이르렀으니, 아무리 생각하여도 방비할 계책과 능력은 하나도 없고 다만 준절한 말로 달랜다.

"여보시오, 해외에 유학도 하고 신사상도 있다는 이가 이런 금수의 행실을 행코자 하면 어찌하자는 말씀이오. 당신은 섬부한 학문과 우월한 재화가 국가도 빛내고 천하도 경영하실 터이어늘, 지금 일개 여자에게 악행위를 더하고자 하심은 실로 비소망어평일(非所望於平日)이오그려. 어서 빨리 돌아가 회개하시고, 다시 법률에 저촉하지 않기를 부디 주의하시오."

"법률이니 도덕이니 그까짓 말은 다 해 쓸데 있나. 꽃 같은 남녀가 이런 좋은 곳에서 만났다가 어찌 무료히 그저 헤져 갈 수 있나……. 하하하."

소년은 삼천장 무명업화(無名業火)가 남아메리카 주 딘보라소 활화산 화염 치밀 듯하여 예절이니 염치니 다 불고하고 음흉 난잡한 말을 함부로 뒤던지며 여학생의 가늘고 약한 허리를 덥석 안고 나무 수풀 깊고 깊은 곳, 육모정 속 어두컴컴한 구석으로 들어가니, 이때의 형세는 솔개가 병아리를 찬 모양이라.

여학생은 호소할 곳도 없이 기가 막히는 경우를 만나매 약이 바짝 나서 모만사하고 젖 먹던 힘을 다 써서 항거하노라니, 두 몸이 한데 뒤틀어져서 이리로 몰리고 저리로 몰리며 죽을지 살지 모르고 서로 상지한다. 어떤 사람이든지 제 욕망을 채우지 못하면 화증이 나는 법이라, 소년은 불같은 욕심을 이기지 못하는 중 여학생이 죽기를 한하고 방색하는 양에 화증이 왈칵 나며 화증 끝에 악심이 생겨서 왼손으로는 여학생의 젖가슴을 잔뜩 움켜쥐고 오른손으로는 양복 허리에서 단도를 빼어 들더니,

"요년아, 너 요렇게 악지 부리는 이유가 무엇이냐. 소위 너가 결심하였다는 것이 무슨 그리 장한 결심이냐. 너 이년, 너의 꽃다운 혼이 당장 이 칼끝에 날아갈지라도 너는 네 고집대로 부리고 장부의 가슴에 무한한 한을 맺을 터이냐?"

"오냐, 죽고 죽고 또 죽고 만 번 죽을지라도 너같이 개 같은 놈에게 실절은 아니하겠다."

그 말에 소년의 악심이 더욱 심하여 말이 막 그치자 번쩍 들었던 칼을 그대로 푹 찌르는데, 별안간 한 모퉁이에서 어떤 사람이, "이놈아, 이놈아." 소리를 지르며 급히 쫓아오는 바람에 소년은 깜짝 놀라 여학생 찌르던 칼도 미처 뽑을 새 없이 삼십육계의 줄행랑을 하고 여학생은 "에고머니!" 한마디 소리에 기절을 하고 땅에 넘어지니 소슬한 한풍은 나무 사이에 움직이고 참담한 월색은 서천에 기울어졌더라.

소리를 지르고 오는 사람은 중산모자를 쓰고 프록코트 입은 청년 신사인데, 마침 예비해 두었던 것같이 달려들며 여학생의

몸에 박힌 칼을 빼어 들더니, 가만히 무슨 생각을 한참 하는 판에 행순하던 순사가 두어 마디 이상한 소리를 듣고 차츰차츰 오다가 이곳에 다다르매 꽃봉오리 같은 여학생은 몸에 피를 흘리고 땅에 누웠고, 그 옆에는 어떤 청년이 단도를 들고 섰으니, 그 청년은 갈 데 없는 살인범이라. 순사가 그 청년을 잡고 박승을 꺼내더니 다짜고짜로 청년의 손목을 척척 얽어 놓고 호각을 '호루록 호루록' 부니, 군도 소리가 여기서도 제걱제걱하고 저기서도 제걱제걱하며 경관이 네다섯 모여들어 여학생은 급히 병원으로 호송하고 그 청년은 즉시 경찰서로 압거하니, 이때 적요한 빈 공원에 달 흔적만 남았더라.

정임과 영창

그 여학생은 조선 사람이요, 이름은 이정임인데, 이 시종 ○○의 딸이라. 자식을 사랑하는 마음이야 누가 없으리오마는, 이정임의 부모, 이 시종 내외는 늦게 정임을 낳으매 슬하에 혈육이 다만 일개 여자뿐인 고로 그 애지중지함이 남에게 특별히 귀하게 여기는 터인데, 그 이 시종의 옆집에 사는 김 승지 ○○는 이 시종의 죽마고우일 뿐 아니라 서로 지기하는 친구인데, 그 김 승지도 역시 늙도록 아들이 없이 슬퍼하다가 정임을 낳던 해에 관옥 같은 남자를 낳으니, 우없이 기뻐하며 이름은 영창이라 하고 더할 것 없이 귀하게 기르는 터이라. 이 시종은 김 승지를 만나면, '자네는 저러한 아들을 두었으니 마음에 오죽 좋겠나. 나는 일개 여아나마 남달리 사랑하네.' 하며 이야기하고 서로 친자식같이 귀해하니, 그 두 집 가정에설지라도 서로 사랑하기를 남의 자손같이 여기지 아니하더라.

그 두 아해가 두 살이 되고 세 살이 되어 걸음도 배우고 말도 옮기매, 놀기도 함께 놀고 장난도 서로 하여 친형제와 같이 정다우며 쌍둥이와 같이 자라나는데, 자라 갈수록 더욱 심지가 상합하여 글도 같이 읽고, 좋은 음식을 보아도 나누어 먹으며, 영창이 아니 오면 정임이 가고, 정임이 아니 가면 영창이 와서 잠시도 서로 떠나지 아니하여 그 정분이 점점 깊어 가더라.

그 두 아해가 나이도 동갑이요, 얼굴도 비슷하고, 정의도 한뜻 같으나, 다만 같지 아니한 것은 계집아해와 사나이인 고로 정임의 부모는 영창을 보면 대단히 부러워하고, 영창의 부모는 정임을 보면 매우 탐을 내는 터인데, 정임이 일곱 살 먹던 해 정월 대보름날 저녁에, 이 시종이 술이 얼근히 취하여 마누라를 부르고 좋은 낯으로 들어오는지라 부인이 마루로 마주 나가며,

"어데서 저렇게 약주가 취하셨소?"

"오늘이 명일 아니오. 김 승지하고 술을 잔뜩 먹었소. 노래에 정 붙일 것은 술밖에 없소그려……. 허허."
하면서 앞서거니 뒤서거니 방으로 들어오더니,
"마누라, 오늘 정임이 혼사를 확정하였소……. 저희끼리 정답게 노는 영창이하고……."
"그까짓 바지 안에 똥 묻은 것들을 정혼이 다 무엇이오니까. 하하……."
"누가 오늘 신방을 차려 주나……. 그래 두었다가 아무 때나 저희들 나이가 차거든 초례시키지……. 마누라는 일상 영창이 같은 아들 하나를 두면 좋겠다고 한탄하지 아니했소. 사위는 왜 아들만 못한가? 이애 정임아, 오늘은 영창이 어째 아니 왔느냐?"
하는 말끝이 떨어지기 전에 영창이 문을 열고 들어오며,
"정임아, 정임아. 우리 아버지는 부럼 많이 사 오셨단다. 부럼 깨먹으러 우리 집으로 가자. 어서…… 어서……."
"허허허. 우리 사위 오시나, 어서 들어오게, 자기 집만 부럼 사 왔다던가. 우리 집에도 이렇게 많이 사 왔다네."
하고 벽장문을 열고 호두·잣을 내어주며 귀한 마음을 이기지 못하여 농지거리를 붙이며 이런 말 저런 말을 하다가 사랑으로 나가고, 정임과 영창은 부럼을 까먹으며 속달거리고 이야기하

는데,

"이애 정임아, 나는 너한테로 장가가고 너는 나한테로 시집온다더라."

"장가는 무엇하는 것이요, 시집은 무엇하는 것이냐?"

"장가는 내가 너하고 절하는 것이요, 시집은 네가 우리 집에 와서 사는 것이라더라."

"이애, 누가 그러더냐?"

"우리 어머니가 말씀하시는데 너의 아버지하고 우리 아버지하고 그렇게 이야기하셨다더라."

"이애, 나는 너의 집에 가서 살기 싫다. 네가 우리 집으로 장가 오너라."

두 아해는 밤이 깊도록 이렇게 놀다가 헤어져 갔는데, 그 후부터는 정임의 집에서도 영창을 자기 사위로 알고 영창의 집에서도 정임을 자기 며느리로 인정하여 두 집 관계가 더욱 친밀해지고, 그 두 아해도 혼인이 무엇인지 부부가 무엇인지 의미는 알지 못하나 영창은 정임에게로 장가갈 줄로 생각하고, 정임은 영창에게로 시집갈 줄로 알더라.

정임과 영창이 이처럼 정답게 지내더니, 영창이 열 살 되던 해 삼월에 김 승지가 초산 군수로 서임되니 가족을 데리고 즉시 군아에 부임할 터인데, 정임과 영창이 서로 떠나기를 애석히 여기는 고로 이 시종 집에서는 가권을 솔거(率去)하는 것이 불가하다고 권고하나, 김 승지는 가계가 원래 유족치 못한 터이라 군수의 박봉을 가지고 식비와 교제비를 제하면 본가에 보낼 것이 남지 아니하겠으니 가족을 데리고 가는 것이 필요가 될 뿐 아니라, 설령 가사는 이 시종에게 전혀 부탁하여도 무방하겠지마는, 김 승지는 자기 아들 영창을 잠시라도 보지 못하면 애정을 이기지 못하여 침식을 달지 아니한 터인 고로 부득이 하여 부인과 영창을 데리고 초산으로 떠나가는데, 가는 노정은 인천으로 가서 기선을 타고 수로로 갈 작정으로 상오 구 시 남대문 발 인천행 열차로 발정할새 정임은 남대문역에 나아가서 방금 떠나는 영창의 손을 잡고 서로 친절히 전별한다.

"영창아, 너하고 나하고 잠시를 떠나지 못하다가 네가 저렇게 멀리 가면 나는 놀기는 누구하고 같이 놀고, 글은 누구하고 같이 읽으며, 너를 보고 싶은 생각은 어떻게 참는단 말이냐."

"나도 너를 두고 멀리 가기는 대단히 섭섭하다마는, 우리 아버지 어머니가 나를 보고 싶어 하실 생각을 하면 떨어져 있을 수 없고나. 오냐, 잘 있거라. 내 쉽사리 올라오마."

정임은 품에서 사진 한 장을 꺼내더니 그 뒷등에 '경성 중부 교동 339'라고 써서 영창을 주며,

"이것 보아라. 이것은 내 사진이요, 이 뒷등에 쓴 것은 우리

집 통호수다. 만일 이 사진을 잃든지 통호수를 잊어버리거든 삼 삼구만 생각하여라."

영창은 사진을 받아들고 그 말대답도 미처 못 해서 기적 소리가 '뿡뿡' 나며 차가 떠나고자 하니 정임은 급히 차에서 내려서 스르르 나가는 유리창을 향하여 '부디, 잘 가거라.' 하며 옷깃에 방울방울 떨어지는 눈물을 씻는데, 기관차 연통에서 검은 연기가 물큰물큰 올라가며 차는 살 닫듯 하여 어느 겨를에 간 곳도 없고 다만 용산 강 언덕 위에 멀리 의의(依依)한 버들 빛만 머물렀더라.

정임은 영창을 전송하고 초창한 마음을 이기지 못하여 집까지 울고 들어오니, 이 시종의 부인도 섭섭한 마음을 이기지 못하던 차에 자기 귀한 딸이 울고 들어오는 것을 보고 눈물을 흘리다가, 좋은 말로 영창은 속히 다녀온다고 그 딸을 위로하고 달래었는데, 정임은 어린아해라 어찌 부처될 사람의 인정을 알아 그러하리오마는, 같이 자라던 정리(情理)로 영창의 생각을 한시도 잊지 못하여 제 눈에 좋은 것만 보면 영창에게 보내 준다고 꼭꼭 사 두었다가 인편 있을 적마다 보내기도 하고, 영창의 편지를 어제 보았어도 오늘 또 오기를 기다리며, 꽃 피고 새 울 때와 달 밝고 눈 흴 적마다 시름없이 서천을 바라고 눈썹을 찡기더라.

불행한 소식

 정임이 영창이 생각하기를 이렇듯 괴롭게 그해 일 년을 십 년 같이 지내고, 그 이듬해 봄이 차차 되어 오매 영창이 오기를 기다리는 마음이 자연 생겨서, '떠날 때에 쉽사리 온다더니 일 년이 지나도록 어찌 아니 오노.' 하고 문밖에서 자취 소리만 나도 아마 영창이 오나 보다, 아침에 까치가 울어도 아마 영창이 오나 보다 하며 하루에도 몇 번씩 문밖을 내다보더니 하루는 안마당에서 바삭바삭하는 소리에 창문을 열어 보니, 사람은 아무도 없고 회오리바람이 뺑뺑 돌다가 그치는데, 일기가 어찌 화창한지 희고 흰 면회담에 아지랑이가 아물아물하며 멀리 들리는 버들피리 소리가 사람의 회포를 은근히 돋우는지라, 어린 마음에도 별안간 울적한 생각이 나서 뒤꼍을 돌아가 거닐다가 보니 도화가 웃는 듯이 피었거늘, 가늘고 가는 손으로 한 가지를 뚝 꺾어 가지고 들어오며,

 "어머니, 도화가 이렇게 피었으니 작년에 영창이 떠나던 때가 벌써 되었습니다그려."

 "참, 세월이 쉽기도 하다. 어제 같던 일이 벌써 돌이로구나."

 "영창은 올 때가 되었는데 왜 아니 옵니까. 요사이는 편지도 보름이 지나도록 아니 오니 웬일인지 궁금합니다."

"아마 쉬 올 때가 되니까 편지도 아니 오나 보다."

"아니, 그러면 올라올 때에 입고 오게 겹옷이나 보내 줍시다. 아버지가 들어오시거든 소포 부칠 돈을 달래야지요."

하며 장문을 열고 새로 지어 차곡차곡 넣어 두었던 면주 겹바지 저고리와 분홍 삼팔 두루마기를 내어 백지로 두어 번 싸고, 그 거죽에 유지로 또 한 번 싸서 노끈으로 열 십 자 우물 정 자를 이리저리 얽을 즈음에, 이 시종이 이마에 내 천(川) 자를 쓰고 얼굴에 외꽃이 피어서 들어오더니,

"원……. 이런 변괴가 있나……. 응응…….."

"변괴가 무슨 변괴오니까?"

"응응……. 응응…….."

"갑갑하니, 어서 말씀 좀 하시오."

"초산서 민요가 났대여."

"민요가 났으면 어떻게 되었단 말씀이오?"

"어떻게 되고 말고 기가 막혀 말할 수 없어. 이 내부에 온 보고 좀 보아."

하고 평북 관찰사의 보고를 베낀 초를 내어 부인의 앞으로 던지는데, 그 집은 원래 문한가인 고로 그 부인의 학문도 신문 한 장은 무난히 보는 터이라 부인이 그 보고초를 집어 들더니,

'관하 초산군에서 거 이월 이십팔일 하오 삼 시경에 난민 천여 명이 불의에 취집하여 관아에 충화하고 작식을 난투하와 관사와 민가 수백 호가 연소하옵고, 민간 사상이 십여 인에 달하여 야료 난폭하므로 강계 진위대에서 병졸 일 소대를 급파하여 익일 상오 십 시에 총히 진압되었사온데, 해 군수와 급기 가족은 행위 불명하옵기 방금 조사 중이오나 종내 종적을 부지하겠사오며, 민요 주창자는 엄밀히 수색한 결과 장두 오 인을 포박하여 본부에 엄수하옵고 자에 보고함.'

주인이 보고초를 보다가 깜짝 놀라며,
"이게 웬일이오. 세 식구가 다 죽었나 보구료."
하는 말에 정임은 정신이 아득하여 얼굴빛이 하얘지며 아무 말도 못하고 모친을 한참 보다가 싸던 옷보를 스르르 놓더니 눈에서 구슬 같은 눈물이 쑥쑥 쏟아지며 목을 놓고 우니 부인도 여린 마음에 정임이 우는 것을 보고 따라 우는데, 이 시종은 영창 생각도 둘째가 되고 평생에 지기하던 친구 김 승지를 생각하고 비참한 마음을 억제치 못하여 정신없이 앉았다가, 다시 마음을 정돈하고 우는 정임을 위로한다.
"어찌된 사기를 자세히 알지도 못하고 울기는 왜들 울어. 정임아, 그쳐라. 내일은 내가 초산에 내려가서 자세히 알아보겠다. 설마 죽기야 하였겠느냐. 참 이상도 하다. 김 승지는 민요를 만날 사람이 아닌데 그게 웬일이란 말이야. 인자는 무적이라는데, 김 승지같이 어진 사람이 죽을 리는 없으리라……. 김 승지가 마음은 군자요, 글은 문장이로되, 일에 당하여서는 짝 없이 흐리겠다…….”

이런 말로 정임의 울음을 만류하고 가방과 양탄자를 내어 내일 초산으로 떠날 행장을 차려 놓고 세 사람이 수색이 만면하여 묵묵히 앉았더니, 하인이 저녁상을 들여다 놓고 부인을 대하여 위로하는 말이,

"놀라운 말씀이야 어찌 다 하오리까마는, 설마 어떠하오리까. 너무 걱정 마시고 진지 어서 잡수십시오."

하고 나가는데, 정임은 밥 먹을 생각도 아니하고 치마끈만 비비 틀며 쪼그리고 앉았고, 이 시종과 부인은 상을 다가 놓고 막 두어 술쯤 뜨는 때에 어디서 "불이야, 불이야." 하는 소리가 들리며 안방 서창에 연기 그림자가 뭉글뭉글 비치고 마루 뒷문 밖에는 화광이 충천하니, 밥 먹던 이 시종은 수저를 손에 든 채로 급히 나가 보니, 자기 집 굴뚝에서 불이 일어나서 한 끝은 서로 돌아 부엌 뒤까지 돌고, 한 끝은 동으로 뻗쳐 건넌방 머리까지 나갔는데, 솔솔 부는 북서풍에 비비 틀려 돌아가는 불길이 눈 깜짝할 사이에 온 집안에 핑 도니 이 시종 집 사람들은 발을 동동

구르나 어찌할 수 없으며, 여간 순검 헌병깨나 와서 우뚝우뚝 섰으나 다 쓸데없고, 변변치 못하나마 소방대도 미처 오기 전에 봄볕에 바싹 마른 집이 전체가 다 타 버리고, 그뿐 아니라 화불단행(禍不單行)이라고 그 옆으로 한데 붙은 김 승지 집까지 일시에 소존성이 되었더라.

행장을 싸 놓고 내일 아침 일찍 초산으로 떠나려고 하던 이 시종은 뜻밖에 낙미지액(落眉之厄)을 당하여 가족이 모두 노숙하게 된 경위에 있으니 어찌 먼 길을 떠날 수 있으리오. 민망한 마음을 억지로 차고 급히 빈집을 구하여 북부 자하동 일백팔통 십호 삼십구 간 와가(瓦家)를 사서 겨우 안돈하고 나매 벌써 몇 주일이 지났으나, 초산 소식은 종시 묘연하니 자기와 김 승지의 관계가 정리로 하든지 의리로 하든지 생사 간에 한 번 아니 가 보지 못할 터이라.

삼 주일 수유를 얻어 가지고 즉시 떠나 초산을 내려가 보니 읍내는 자기 집 모양으로 빈터에 탄 재뿐이여, 촌가는 강계 대병정이 와서 폭민 수색을 하는 통에 다 달아나고 개미 새끼 하나 볼 수 없으니 군수의 거취를 물어볼 곳도 없는지라. 그 인근 읍으로 다니며 아무리 탐지하여도 종내 김 승지의 소식은 알 수 없고, 단지 들리는 말은 초산 군수가 글만 좋아하고 술만 먹는 고로 정사는 모두 간활(奸猾)한 아전의 소매 속에서 놀다가 마침내 민요를 만났다는 말뿐이라. 하릴없이 근 이십 일 만에 집으로 돌아오니, 부친이 다녀오면 영창의 소식을 알까 하고 눈이 빠지도록 기다리던 정임은 낙심천만하여 한없이 비창히 여기는 모양은 눈으로 차마 볼 수 없더라.

이 시종이 초산에서 집에 돌아온 지 제삼 일 되던 날 관보에 '시종원 시종 이○○ 의원 면 본관'이라 게재되었으니, 이때는 갑오개혁 정책이 실패한 이후로 점점 간영이 금달에 출입하여 뜻있는 사람은 일병 배척하는 시대인 고로, 어떤 혐의자가 이 시종이 초산에 간 사이를 엿보고 성총에 모함한 바이라. 이 시종은 체임이 된 후로 다시 세상에 나번득일 생각이 없어 손을 사절하고 문을 닫으니 꽃다운 풀은 뜰에 가득하고, 문전에 거마가 드물어 동네 사람이라도 그 집이 누구의 집인지 알지 못할 만치 되었더라.

이 시종은 이로부터 티끌 인연을 끊어 버리고 꽃과 새로 벗을 삼아 만년을 한가히 보내고, 정임은 부친에게 소학을 배워 공부하며 깊고 깊은 규중에서 적적히 지내는데, 영창이 생각은 때때로 암암하여 영창과 같이 가지고 놀던 유희 제구만 눈에 띄어도 초창한 빛이 눈썹 사이에 가득하며, 혹 꿈에 영창을 만나 재미있게 놀다가 섭섭히 깨어 볼 때도 있을 뿐 아니라 한 해, 두 해가 지나 철이 차차 나갈수록 비감한 마음에 더욱 결연하여 《여편》

을 읽을 적마다 소리 없는 눈물도 많이 흘리는 터이언마는, 이 시종 내외는 정임이 나이 먹는 것을 민망히 여겨 마주 앉기만 하면 항상 아름다운 새 사위 구하기를 근심하고 김 승지 집 이야기는 입 밖에 내지도 아니하더라.

강제 결혼

임염한 세월이 흐르는 듯하여 정임의 나이가 어언간 십오 세가 되니, 그해 칠월 열이렛날은 이 시종의 회갑이라. 그날 수연 잔치 끝에 손은 다 헤져 가고 넘어가는 해가 서산에 걸렸는데, 이 시종 내외는 저녁 하늘 저문 놀빛과 푸른 나무 늦은 매미 소리가 손마루 북창 앞에 느런히 앉아서 늙은 회포를 서로 이야기한다.

"포말풍동(泡沫風動)이 감가련(感可憐)이라더니 사람의 일생이야 참 가련한 것이야. 어제 같던 우리 장춘이 어느 겨를에 벌써 회갑일세. 지나간 날이 이렇듯 쉬 갔으니 죽을 날도 이렇게 쉬 오겠지. 평생에 사업 하나 못하고 죽을 날이 가까우니 한심한 일이오그려."

"그러기에 말씀이오. 죽을 날은 가까우나 쓸 만한 자식도 하나 못 두었으니 우리는 세상에 난 본의가 없소그려. 정임이 하나 시집가고 보면 이 만년의 신세를 누구에게 의탁한단 말씀이오."

"그렇지마는 나는 양자할 마음은 조금도 없어. 얌전한 사위나 얻어서 아들같이 데리고 있지."

"그러한들 사위가 자식만 하겠습니까마는, 하기는 우리 죽기 전에 사위나마 얻어야 하겠습니다……. 사위 고르기는 며느리 얻기보다 어렵다는데, 요새 세상 청년들을 눈여겨보면 경박한 모양이 모두 제집을 결딴내고 나라를 망하게 할 장식들 같습디다. 사위 재목도 조심해 구할 것이야요."

"그야 무슨, 다 그럴라구. 그런 집 자식이 그렇지."

이렇게 수작하는 때에 어떤 사람이 사랑 중문간에서 "정임아, 정임아." 하고 부르며 "안손님 아니 계시냐?" 하고 묻더니 큰기침을 두어 번 하고 들어오면서,

"누님, 저는 가겠습니다."

"그렇게 속히 가면 무엇하나? 저녁이나 먹고 이야기나 하다가 달 뜨거든 천천히 가게그려. 어서 올라와……."

부인은 그 사람을 이처럼 만류하며 하인을 불러서, "술상을 차려 오너라. 진지를 지어서 가져오너라." 하는데 그 사람은 정임의 외삼촌이라. 수연을 치하하고 집으로 돌아갈 터인데, 누님

이 만류하는 정의를 떼치지 못하여 마루로 올라와 앉더니 건넌방 문 앞에 섰는 정임을 한참 보다가,

"정임은 금년으로 몰라보게 자랐습니다그려. 오래지 아니하여 서랑(壻郞)을 보시게 되었는데요. 어찌하려오?"

"그까짓 년 키만 엄부렁하면 무엇하나. 배운 것이 있어야 시집을 가지."

"그렇지 아니하여도 우리가 지금 그 걱정일세. 혼처나 좋은 데 한 곳 중매하게그려……."

"중매를 잘못하면 뺨이 세 번이라는데 잘못하다가 뺨이나 얻어맞게요……. 하하……."

"생질 사위 잘못 얻는 것은 걱정 없고 뺨 맞는 것만 염려되나……. 하하……."

"허허허허……."

"혼처는 저기 좋은 곳이 있습디다. 옥동 박 과장의 셋째아들인데, 나이는 열일곱 살이요, 공부는 재작년에 사범 소학교를 졸업하고 즉시 관립 중학교에 입학하여 올해 삼 학년이 되었답니다. 그 아해는 저의 팔촌 처남의 아들인데 그 집 문벌도 훌륭하고 자세도 불빈할 뿐 아니라 제일 낭자의 얼굴도 결곡하고 재주도 초월하여 내 마음에는 매우 합당합니다마는 매부 의향에 어떠하신지요."

이 시종의 귀에 그 말이 번적 띄어,

"응, 그리해. 합당하면 하다마다. 자네 마음에 합당하면 내 의향에도 좋지 별수 있나. 나는 양반도 취하지 않고 부자도 취하지 않고, 다만 신랑 하나만 고르네."

하면서 매우 기뻐하고 정임의 외삼촌은 이런 이야기를 밤이 되도록 하다가 갔는데, 그 후로는 신랑의 선을 본다는 등 사주를 받는다는 등 하더니, 하루는 이 시종이 붉은 간지를 내어 '팔월 십사일 전안 납채 동일 선행'이라 써서 다홍실로 허리를 매어 놓고 부인과 의논해 가며 신랑의 의양단자(衣樣單子)를 적는다.

정임은 영창이 생각을 잊을 만하다가도 시집이니 장가니 혼인이니 사위니 하는 말을 들으면 생각이 뼈에 사무쳐서 건넌방으로 들어가 눈물을 몰래 씻으며 속마음으로, '부모가 나를 이왕 영창에게 허락하셨으니, 나는 죽어 백골이 되어도 영창의 아내라. 비록 영창은 불행하였을지라도 나는 결코 두 사람의 처는 되지 아니할 터이요. 저 아저씨는 아무리 중매한다 하여도 선바람만 들일걸.' 하는 생각이 뇌수에 맺혔으니 여자의 부끄러운 마음으로 부모에게는 아무 말도 못 하고 지내던 터이더니, 택일단자를 보내는 것을 보매 가슴이 선뜩하고 심기가 좋지 못하여 몸을 비비 틀며 참다가 못하여 모친의 귀에 대고 응석처럼 가만히 하는 말이다.

"나는 시집가기 싫어."

"이년, 계집아해년이 시집가기 싫은 것은 무엇이고, 좋은 것은 무엇이냐."

"그년이 무엇이래, 나중에는 별 망측한 말을 다 듣겠네."

"아버지 어머니 보고 싶어 시집가기 싫어요."

"아비 어미 보고 싶다고 평생 시집을 아니 갈까, 이 못생긴 년아."

부인의 말은 철모르는 말로 들리는 말이라 정임은 정색하고 꿇어앉으며,

"그런 것이 아니올시다. 아버지께서 열녀는 불경이부(不更二夫)라는 글을 가르쳐 주셨지요. 나를 이왕 영창과 결혼시키고 지금 또 시집보낸다 하시니, 부모가 한 자식을 두 사람에게 허락하시는 법이 있습니까? 아무리 영창의 종적은 알지 못하나 다른 곳으로 시집가기는 죽어도 아니하겠습니다."

이 시종이 그 말을 듣더니 벌떡 일어서며 정임의 머리채를 휘어잡고 평생에 손찌검 한 번 아니하던 그 딸을 여기저기 함부로 쥐어박으며,

"요년, 요 못된 년, 그게 무슨 방정맞은 말이냐. 요년, 혓줄기를 끊어 놓을라. 네가 영창이 예단을 받았단 말이냐, 네가 영창과 초례를 지냈단 말이냐? 네가 간데없는 영창을 생각하고 시

집 못 갈 의리가 무엇이란 말이냐. 아무리 어린년인들."
하며 죽일 년 잡쥐듯 하니 부인은 겁이 나서,

"고만두시오. 그년이 어린 마음에 부모와 떨어지기 싫어서 철모르고 하는 말이지요. 어서 고만 참으시오."

"요년이 어디 철몰라서 하는 말이오. 제 일생을 큰일 내고 부모의 가슴에 못 박을 년이지……. 우리가 저 하나를 길러서 죽기 전에 서방이나 얻어 맡겨 근심을 잊을까 하는 터에 요년이."
하며 또 한참을 때려 주니, 부인은 놀랍고 가엾은 마음에 살이 떨리고 가슴이 저려서 달려들며 이 시종의 손목을 잡고 정임의 머리를 뜯어 놓아 간신히 말렸더라.

이 시종은 원래 구습을 개혁할 사상이 있는 터인 고로, 설령 그 딸이 과부가 되었을지라도 개가라도 시킬 것이요, 결혼하였던 것을 거리껴서 딸의 일평생을 그르치지는 아니할 사람이라. 정임 가슴속의 철석같이 굳은 마음은 알지 못하고 다만 자기 속마음으로, '정임이 말도 옳지 아니한 바는 아니로되, 내 생각을 하든지 정임 생각을 하든지 소소한 일로 전정에 대불행을 취함이 불가하다.' 생각하며 정임을 압제 수단으로 그런 말을 다시 못하게 하여 놓고 그날부터 침모를 부른다, 숙수를 앉힌다 하여 바삐바삐 혼례를 준비하는데, 받아 놓은 날이라 눈 깜짝할 사이에 벌써 열 사흗날 저녁이 되었으니, 그 이튿날은 백마 탄 새신랑이 올 날이라. 정절이 옥 같은 정임의 마음이야 과연 어떠하다 하리오.

건넌방에 혼자 누웠으니, 이 생각 저 생각 별 생각이 다 난다. 부모의 뜻을 순종하자 하니 인륜의 죄인이 되어 지하에 가서 영창을 볼 낯이 없을 뿐 아니라, 이는 부모의 뜻을 순종함이 아니요 곧 부모를 옳지 못한 사람을 만드는 것이요, 부모의 뜻을 좇지 아니하자 하니 그 계책은 죽는 수밖에 없는데, 늙은 부모를 두고 참혹히 죽으면 그 죄는 차라리 시집가는 것이 오히려 경할지라. 아무리 생각하여도 어찌할 줄 모르다가 또 한 생각이 문득 나며 혼잣말로, '시집이란 것이 다 말라 죽은 것이야. 서양 사람은 시악시 부인도 많다더라.' 하고 벌떡 일어서서 안방으로 들어가 보니, 부모는 잔치를 분별하기에 종일 곤뇌하다가 막 첫잠이 곤히 든 모양이라.

문갑 서랍의 열쇠패를 꺼내 가지고 골방으로 들어가 금고를 열고 십 원권, 오 원권을 있는 대로 집어내어 손가방에 넣어 들고 나오니 시계는 아홉 점을 땡땡 치는데, 안팎으로 들락날락하며 와글와글하던 사람들은 하나도 없이 괴괴하고, 오동나무 그림자는 뜰에 가득하며 벽 틈에 여치 소리가 짤깍짤깍할 뿐이라.

다시 건넌방으로 들어가 종이를 내어 편지를 써서 자리 위에 펴놓고 나와서, 그 길로 대문을 나서며 한 번 돌아보니 부모의 생각이 마음을 찌르나, 억지로 참고 두어 걸음에 한 번씩 돌아 보며 효자문 네거리로 와서 인력거를 불러 타고 남대문 밖을 나서니, 이때 가을 하늘에 얇은 구름은 고기비늘같이 조각조각 연하고, 그 사이로 한 바퀴 둥근 달이 밝은 광채를 잠깐 자랑하고 숨기는데, 연약한 마음이 자연 상하여 흐르는 눈물을 씻고 또 씻는 사이에 벌써 인력거 채를 덜컥 놓는데 남대문 정거장에서 요령 소리가 덜렁덜렁 나며 붉은 모자를 쓴 사람이, '후 상, 후 상 오이데마셍까(부산, 부산 안 가시렵니까)?' 하고 외는 소리가 장마 속 논골에 맹꽁이 끓듯 하니, 이때는 하오 십 시 십오 분 부산 급행 차 떠나는 때라.

  인력거에서 급히 내려 동경까지 가는 연락차 표를 사 가지고 이등 열차로 오르니, 호각 소리가 '호르륵' 나며 기관차에서 '파 푸 파 푸' 하고 남대문이 점점 멀어지니, 앞길의 운산은 창창하고 차 뒤의 연하(煙霞)는 막막하더라.

동경 유학

  그 빠른 차가 밤새도록 가다가 이튿날 아침에 부산에 도착하니, 안방에서 대문 밖도 자세히 모르고 지내던 정임은 처음 이렇게 멀리 온 터이라. 집에 있을 때에 동경을 가자면 남문역에서 연락차 표를 사 가지고 부산에 가서 연락선을 타고 하관까지 가고, 하관서 동경에 가는 차를 다시 타고 신교역에서 내린다는 말을 듣기는 들었지마는, 남문역에서 부산까지는 왔으나 연락선에 정박한 부두 가는 길을 알지 못하여 정거장 머리에서 주저주저하다가, "화륜선 타는 선창으로 가려면 어데로 가오?" 하고 물으매 이 사람도 물끄러미 보고 저 사람도 물끄러미 보니, 정임이 집을 떠날 때에 머리는 전번같이 땋은 채로 옷은 분홍 춘사 적삼, 옥색 모시 다른 치마를 입던 채로 그대로 쑥 나온 모양이라 누가 이상히 보지 아니하리오. 그 많은 내외국 사람이 모두 여겨 보더니, 그중에 어떤 사람이 아래위를 한참 훑어보다가, "여보 작은아씨, 이리 와. 내가 부두까지 가는 길을 가르쳐 줄 터이니." 하고 앞서서 가는데, 말쑥이 비치는 통량갓 속으로 반드르한 상투는 외로 똑 떨어지고 후줄근한 왜사 두루마기는 기름때가 조르르 흘렀더라.

정임이 약기는 참새 굴레 씔 만하지마는 세상 구경은 처음 같은 터이라. 다른 염려 없이 그 사람을 따라 부두로 나가는데, 부두로 갈 것 같으면 사람이 많이 다니는 탄탄대로로 갈 것이언마는 이 사람은 정임을 끌고 꼬불꼬불하고 좁디좁은 골목으로 이리 뻥뻥 돌고 저리 뻥뻥 돌아가다가, 어떤 오막살이 높은 등 달

린 집으로 들어가며,

"나는 이 집에서 볼일 좀 보고 곧 가르쳐 줄 것이니 이리 잠깐 들어와."

정임은 배 탈 시간이 늦어 가는가 하고 근심이 될 뿐 아니라 여자의 몸이 낯선 곳에 혼자 와서 사나이놈을 따라 남의 집에 들어갈 까닭이 없는 터이라.

"길 모르는 사람을 이처럼 가르쳐 주고자 하시니 대단히 고맙습니다. 나는 여기서 잠깐 기다릴 터이니 어서 볼일 보십시오."

하고 섰더니 그 사람이 집으로 들어간 지 한참 만에 어떤 계집 두 년이 머리에는 왜밀 뒤범벅을 해 붙이고 중문간에서 기웃기웃 내다보며, "아에그, 그 처녀 얌전도 하다. 아마 서울 사람이지." 하고 나오더니 "여보, 잠깐 들어오구료. 같이 오신 손님은 지금 담배 한 대 잡숫는데요. 우리 집에는 아무도 없소. 여편네가 여편네들만 있는 집에 들어오는 것이 무슨 관계있소. 어서 잠깐 들어왔다 가시오." 하며 한 년은 손목을 잡아당기고 한 년은 등을 미는데, 어찌할 수 없이 안마당으로 들어섰다. 길을 가르쳐 주마던 사람은 마루 끝에 걸터앉아 담배를 먹다가 정임을 보더니,

"선창을 물으면 배 타고 어데를 가는 길이야?"

"동경까지 갑니다."

"집은 어데이고?"

"서울이야요."

"동경은 무엇하러 가?"

"유학하러요."

"유학이고 무엇이고 저렇게 큰 처녀가 길도 모르고 어찌 혼자 나섰어?"

"지금같이 밝은 세상에 처녀 말고 아무라도 혼자 나온들 무슨 관계있습니까."

"이름은 무엇이고 나이는 몇 살이야?"

이렇게 자세히 묻는 바람에 정임은 의심이 나며, 서울 뉘 집 아들도 일본 갔다더니, 아마 우리 아버지께서 전보할 까닭으로 경찰서에서 별순검을 보내 조사하나 보다 하는 생각이 나서,

"배 탈 시간이 늦어 가는데 길도 아니 가르쳐 주고 남의 이름과 나이를 알아 무엇하려요?"

하고 돌아서서 나오는데 그 사람이 달려들며 잡담을 제하고 끌어다가 뒷방에 넣고 방문을 밖으로 걸더라.

그는 색주가 서방인데, 서울 사람과 상약하고 어떤 집 계집아해를 색주가감으로 꾀어내는 판이라. 서울 사람은 그 계집아해를 유인하여 어느 날 몇 시 차로 보낼 것이니 아무쪼록 놓치지

말고 잘 단속하라는 약조가 있는 터에, 그 계집아해는 아니 오고 애매한 정임이 걸렸으니 아무리 소리를 지른들 무엇하며, 야단을 친들 무슨 수가 있으리오마는, 하도 무리한 경우를 당하여 기가 막히는 중에, '이렇게 법률을 무시하는 놈을 여러 사람에게 알리면 도리가 있으리라.' 생각하고 한 번 악을 쓰고 소리를 질렀더니, 그놈이 감언이설로 달래다 못하여 회초리 찜질을 대는 판에 전신이 피뭉치가 되고 과연 견딜 수 없을 뿐 아니라, 죽고자 하여도 죽을 수도 없으니 이런 일은 평생에 듣지도 보지도 못하다가 꿈결같이 이 지경을 당하매 분한 마음이 이를 것 없으나 어찌할 수 없이 갇혀 있더니, 사흘 되던 날 밤에 문틈으로 풍뎅이 한 마리가 들어와서 쇠잔한 등불을 쳐서 끄는데 갑갑하고 무서운 생각이 나서 불이나 켜 놓고 밤을 새우리라 하고, 들창 문지방을 더듬더듬하며 성냥을 찾으니, 성냥은 없고 다 부러진 대칼이 틈에 끼어 있는지라, 그 칼을 집어 들고 이리 할까 저리 할까 한참 생각하다가 마침내 문창살을 오린다.

   칼이 어찌 안 들고 힘이 어찌 들던지 밤새도록 겨우 창살 한 개를 오리고 나니, 닭은 새벽 홰를 울고 먼촌에서 개 짖는 소리가 나는데 그 창살을 오려 낸 틈으로 밖에 걸린 고리를 벗기고 가만히 나오니 죽었다가 살아난 듯이 상쾌한지라, 차차 큰길을 찾아가며 생각하니 '이번에 이 고생한 것도 도시 의복을 잘못

차린 까닭이요, 또 동경을 가더라도 조선 의복을 입은 사람은 하등 대우를 한다는데, 이 모양으로는 아무 데도 가지 못하겠다.' 하고 어느 모퉁이에 서서 날이 밝기를 기다려 가지고 곧 오복점을 찾아가서 일본 옷 한 벌을 사서 입고, 그 오복점 주인 여편네에게 간청하여 머리를 끌어올려 일본 쪽을 찌고, 또 그 여편네에게 선창에 가는 길을 물어서 찾아가니, 이때 마침 연락선 일기환이 떠나는지라, 즉시 그 배를 타고 망망한 바다 빛이 하늘에 닿은 곳으로 가더라.

이 같은 곤란을 지내고 동경을 향하여 가는 정임이 삼 일 만에 목적지인 신교역에 내리니 그 시가의 화려하고 번창함이 처음 보는 구경이나, 여관을 어디로 가는지 모르고 한참 방황하다가 덮어 놓고 인력거에 올라앉으니, 별안간 말하는 벙어리, 소리 듣는 귀머거리가 되어 인력거꾼이 묻는 말에 대답을 하지 못하고, 다만 손을 들어 되는 대로 가리키니 인력거는 가리키는 대로 가고, 정임은 묻는 대로 가리켜서 이리저리 한없이 가다가 어느 곳에 다다르니, '상야관'이라 현판이 붙인 집 앞에서 오고가는 사람에게 광고를 돌리는데, 그 광고 한 장을 받아 보니 무슨 말인지 의미를 알 수 없으나, 숙박료 일등에 얼마라고 늘어 쓴 것을 보매 그 집이 여관인 줄 알고 인력거를 내려 들어가니, 벌써 여종과 반또들이 나와 맞으며 들어가는 길을 인도하는지라. 인하여 그 집에 여관을 정하고 우선 여관 주인에게 일본말을 배우니, 원래 총명이 과인하고 학문도 중학교 졸업은 되는 터이라, 일곱 달 만에 못 할 말 없이 능통할 뿐 아니요, 문법도 막힐 곳 없이 무슨 서적이든지 능히 보게 되매 그 해 봄에 '소적천구' 일본여자대학에 입학하였는데, 그 심중에는 항상 부모 생각, 영창 생각, 자기 신세 생각이 한데 뒤뭉쳐서 주야로 간절한 터이라. 그러한 뇌심 중에 공부도 잘되지 아니하련마는 시험을 볼 적마다 그 성적이 평균점 일공공(一〇〇)에 떨어지지 아니하여 해마다 최우등으로 진급되니, 동경 여학생계에 이정임의 이름을 모르는 사람이 없이 명예가 굉장하더라.

하루는 학교에서 하학하고 여관으로 돌아오니 어떤 여학도가 무슨 청첩을 가지고 와서 아무쪼록 오시기를 바란다고 간곡히 말하고 가는데, 그 청첩은 '여학생 일요 강습회 창립총회' 청첩이요, 그 취지는 여학생이 일요일마다 모여서 학문을 강습하자는 뜻이라. 정임은 근심이 첩첩하여 만사가 무심한 터이지마는, 그 취지서를 본즉 매우 아름다운 일인 고로 그날 모인다는 곳으로 갔더니, 여학생 수십 명이 와서 개회하고 임원을 선정하는데 회장은 이정임이요, 서기는 산본 영자라. 정임은 억지로 사양치 못하고 회장석에 출석하여 문제를 내어걸고 차례로 강연한 후에 장차 폐회할 터인데, 이때에 어떤 소년이 서기 산본 영자의 소개를 얻어 회석에 들어오더니, 자기는 조선 유학생 강한영이라 하며, 강습회를 조직하는 것을 무한히 칭찬하고, 이 회에서 쓰는 재정은 자기가 찬성적으로 어디까지든지 전담하겠노라 하고 설명하며, 우선 금화 백 원을 기부하는 서슬에, 서기의 특청으로 강 소년이 그 회의 재무 촉탁이 되었는데, 이때부터 강 소년은 일요일마다 정임을 만나면 지극히 반가워하고 대단히 정답게 굴어서 아무쪼록 친근히 사귀려고 하며, 혹 어떤 때는 공원으로 놀러 가자고도 하고, 야시 구경도 같이 가자고도 하나, 정임의 정중한 태도는 비록 여자끼리라도 특별히 친압하지 아니하거늘, 하물며 남자와 함께 구경 다닐 리가 있으리오. 그런 말을 들을 적마다 정숙한 말로 대답하매 다시는 그런 말을 못 하는 터이요, 산본 영자도 종종 여관으로 찾아오는데, 하루는 어떤 노파가 와서 자기는 산본 영자의 모친이라 하며 자기 딸과 친절히 지내니 감사하다고 치하하고 가더니, 그 후로는 자주 다니며 혹 과자도 갖다 주고, 혹 화장품도 사다 주어 없던 정분을 갑자기 사고자 하며 가끔 가다가 던지는 말로 여자의 평생 신세는 남편을 잘 만나고 못 만나기에 있다고 이야기하더라.

공원의 사건

 정임이 동경에 온 지가 어언간 다섯 해가 되어 그해 하기 시험에 졸업하고 증서 수여식 날 졸업장과 다수한 상품을 타매, 그 마당에 모인 고등 관인과 내외국 신사들의 칭송이 빗발치듯 하니 그런 영광을 비할 곳이 없을 뿐 아니요, 그 졸업장 한 장이 금을 주고 바꾸지 아니할 만치 귀한 것이라 그 마음에 오죽 기쁘리오마는, 정임은 찬양도 귀에 심상히 들리고 좋은 마음도 별로 없어 즉시 여관으로 돌아와 삼층 장지를 열고 난간에 의지하여 먼 하늘에 기이한 구름이 피어오르는 것을 바라보며, 내두(來頭)의 거취를 어떻게 할까 하고 앉았는데 산본 노파가 오더니 졸업한 것을 치하한다.

 "이번에 우등으로 졸업하였다니 대단히 감축할 일이오그려. 듣기에 어찌 반가운지 내가 치하하러 왔지요."

 "감축이랄 것 무엇 있습니까?"

 "저렇게 연소한 터에 벌써 대학교 졸업을 하였으니 참 고마운 일이야. 내 마음에 이처럼 반가울 적에 당신이야 오죽 기쁘며, 부모가 들으시면 얼마나 좋아하시겠소."

 "나는 좋을 것도 없습니다. 학교 교사 여러분의 덕택으로 졸업은 하였으나 아무것도 아는 것이 없으니 무엇이 좋습니까?"

"그런 겸사는 다 고만두시오. 내가 모른다구요……. 그러나 우리 딸 영자야말로 인제 겨우 고등과 이 년급이니 언제나 대학교 졸업을 할는지요. 당신을 쳐다보자면 고소대 꼭대기 같지."

"별말씀을 다 하십니다. 영자의 재주로 잠깐이지요. 근심하실 것 무엇 있습니까?"

"당신은 얼굴도 어여쁘고 마음도 얌전하거니와 재주는 어찌 저렇게 비상하며, 학문은 어찌 저렇게 좋소. 나는 볼 적마다 부러워."

"천만의 말씀이오."

"당신은 시집을 가더라도 얼굴이 저와 같이 곱고 학문도 대학교 졸업한 신랑을 얻어야 하겠소."

"……."

"남녀 물론하고 혼인은 부모가 정하는 것이지마는 이 이십세기 시대에야 부모가 혼인을 정해 주시기를 기다리는 사람이 누가 있나. 혼인이란 것은 제 눈에 들고 제 마음에 맞는 사람과 할 것인데……."

"……."

"왜 아무 이야기도 아니하고 얼굴에 근심하는 빛이 있으니 웬일이오. 내가 혼인 이야기를 하니까 아마 시집갈 일이 근심되나 보구료. 혼인은 일평생에 큰 관계가 달린 일인데, 어찌 근심이 되지 아니하리까? 그렇지마는 근심할 것 없소. 내가 좋은 혼처를 천거하리다. 이 말이 실없는 말이 아니오. 자세히 들어 보시오. 내가 남의 중대한 일에 잘못 소개할 리도 없고, 또 서양 사람이나 아메리카 사람에게 천거하는 것이 아니라, 같은 나라 사람이자 또 자격이 당신과 똑같은 터이니, 두고두고 평생을 구한들 어찌 그런 합당한 곳을 고를 수 있으리까? 다른 사람이 아니라 일요 강습회에 다니는 강한영 씨 말씀이오. 당신도 많이 만나 보셨겠지마는 얼굴인들 좀 얌전하며, 재주인들 여간 좋습디까? 그 양반이 내 집에 주인을 정하고 삼 년을 나와 같이 지내는데, 그 옥 같은 마음은 오던 날이나 오늘이나 마찬가지요. 학문으로 말하더라도 이번에 대학교 법률과를 졸업하였으니 당신만 못하지 아니하고, 재산으로 말하더라도 조선의 몇째 가는 부자랍니다. 내가 조선 사람이 부자이고 아닌 것을 어찌 알겠소마는, 이곳에 와서 돈 쓰는 것만 보면 알겠습디다. 그 양반이 돈을 써도 공익적으로나 쓰지, 외입 한 번 하는 것을 못 보았어요. 만일 못 믿겠든 본가로 편지라도 해서 알아보고, 망설이지 말고 혼인을 정하시오. 그 집은 대구인데 이번에 나가면 서울로 이사한답디다. 암만 골라도 이러한 곳은 다시 구경도 못 할 터이니 놓쳐 버리고 후회할 것 없이 두말 말고 정하시오. 당신도 그 양반을 모르는 터가 아니어니와 이 늙은 사람이 설마 남 못 할 노롯을 시키려고 거짓말할 리 있소. 다시 생각할 것 없이 내 말대로 하시오."

그 노파는 졸업 치하가 변하여 혼인 소개가 되더니 잔말을 기다랗게 늘어놓는데 정임은 조금도 듣기가 귀찮은 터이라.

"그러하겠습니다. 여자가 되어 시집가는 것도 변될 일이 아니요, 당신이 혼인 중매하시는 것도 괴이하지 아니한 터이나, 나는 집을 떠날 때로부터 마음에 정한 바가 있어 다시는 변통 못할 사정이올시다. 그 사정은 말할 필요가 없거니와 만일 내가 시집을 갈 것 같으면 그런 좋은 곳을 버리고 어떤 곳을 다시 구하리까마는, 내가 시집을 아니 가기로 결심한 이상에야 다시 할 말이 있습니까? 혼인 문제에 대하여서는 두 말씀 마시기를 바랍니다."

이처럼 싹도 없이 끊어 말하매 노파는 다시 말하지 못하고 무연히 돌아갔는데, 그 후로부터 일요 강습회에도 다시 가지 아니하고 있더니, 집 생각이 간절하여 집에 돌아가 늙은 부모나 봉양하고 여학교나 설립하여 청년 여자들이나 가르치며 오는 세월을 보내리라 하고 귀국할 행장을 차리는 중인데, 하루는 궂은비가 종일 와서 심기가 대단히 울적하던 차에, 비가 개고 달이 돋아 오는 경이 하도 좋기에 옷을 갈아입고 상야 공원에 가서 달구경을 하고 오다가 불인지가를 지나며 보니, 패한 연엽에는 비 흔적이 머무르고, 맑고 맑은 물결에는 위에도 관월교요, 밑에도 관월교라.

그 운치를 사랑하여 돌아갈 줄을 잊어버리고 섰더니, 그 악소년을 만나 칼침을 맞고 병원으로 갔는데, 병원에서 의사가 상처를 진찰하니 창흔은 후문을 빗나갔고, 창구는 이분이며 심은 일촌에 지나지 못하여, 생명은 아무 관계없고 놀라서 잠시 기색한 모양이라 의사는 응급 수술로 민속히 치료하였으나 정임은 그러한 광경을 생후에 처음 당하여 어찌 혹독히 놀랐던지 종시 혼도하였다가 간신히 정신을 차려 눈을 떠 보니, 동편 유리창에 볕이 쨍쨍히 비치고, 자기는 높은 와상에 흰 홑이불을 덮고 누웠는지라. 어찌된 곡절을 몰라 속생각으로 '여기가 어데인가. 우리 여관에는 저렇게 볕 들어 본 적도 없고 이러한 와상도 없는데, 내가 뉘 집에 와서 이렇게 누웠나. 에고, 이상도 하다. 내가 아마 꿈을 이렇게 꾸나 보다.' 하고 정신을 수습하는 때에 의사가 간호부를 데리고 들어오는 뒤에 순사가 따라오는 것을 보고 그제야 전신에 소름이 쪽 끼치며, 어젯밤 공원이 생각나는데 의사가 창을 씻고 약을 갈아 붙이더니, 순사가 앞으로 다가서며 자세히 묻는다.

"당신은 성명이 누구라 하오?"

"이정임이올시다."

"연령은 얼마요?"

"십구 세올시다."

"당신의 집은 어데요?"

"조선 경성 북부 자하동 일백팔통 십호올시다."

"당신의 부친은 누구요?"

"이○○올시다."

"부친의 직업은 무엇이오?"

"우리 부친은 관인이더니 지금은 벼슬 없고, 전적은 시종원 시종이올시다."

"형제는 몇 분이오?"

"이 사람 하나뿐이올시다."

"당신은 무슨 일로 동경에 왔소?"

"유학하기 위하여 왔습니다."

"그러시오. 그러면 여관은 어데며, 어느 학교 몇 년급에 다니오?"

"여관은 하곡구 거판정 십일 번지 상야관이요, 학교는 일본여자대학에 다니더니 거 칠월 십일에 졸업하였습니다."

"매우 고마운 일이오마는……. 어젯밤에 행흉하던 놈은 아는 놈이요, 모르는 놈이오?"

"안면은 두어 번 있었지요."

"안면이 있으면 그놈의 성명을 알며, 어데서 보았소?"

"성명은 강한영이요, 만나 보기는 여학생 일요 강습회에서 만나 보았습니다."

"성명을 들으니 그놈도 조선 사람이오그려……. 그놈의 원적지와 유숙하는 여관은 어데인지 아시오?"

"본국 사람이로되 거주도 모르고, 여관도 어데인지 알 수 없으나 그 주인은 산본이랍디다."

"그러면 무슨 이유로 저 일을 당하였소?"

"이유는 아무 이유도 없습니다……. 여자가 되어 세상에는 죄악이지요."

정임은 말을 그치며 두 눈에 눈물이 핑 도는데, 순사가 낱낱이 조사하여 수첩에 기록해 가지고 매우 가엾다고 위로하며 의사를 향하여 아무쪼록 잘 보호하고 속히 치료해 주라고 부탁하고 나가더라.

정임이 이러한 죽을 욕을 보고 병원에 누웠으매 처량하기도 이를 것이 없고 별생각이 다 나는데, '내가 집을 버리고 멀리 떠나서 늙은 부모의 걱정을 시키니, 이런 죄악을 왜 아니 당할 리 있나. 그렇지마는 내가 부모를 저버린 것이 아니요, 중대한 의리를 지킨 일이니, 아무리 어떠한 죄를 당할지라도 신명에 부끄러울 것은 없어. 내가 어려서 부모에게 귀함을 받고 영창과 같이 자랄 때에 신세가 이 지경이 될 줄 누가 알았던가. 그러나 나는 무슨 고생을 하던지 이 세상에 살아 있거니와, 백골이 어느 곳에 헤어진 지 알지 못하는 영창의 외로운 혼이 불쌍치 아니한가. 내가 바삐 지하에 돌아가 영창을 만나서 어서 이런 말을 좀 하였으면 좋겠구먼. 부모 생각에 할 수 없지……. 내 한 몸이 천지의 이기를 타고 부모의 혈육을 받아 이 세상에 한 번 나온 것이 전만고 후만고에 다시 얻기 어려운데, 이렇게 아까운 일생을 낙을 모르고 지내다 죽는단 말인가. 참 팔자도 기박하다.

생각하면 간이 녹아 신문이나 보고 잊어버리겠다.' 하고 간호부를 불러 신문 한 장을 가져오래서 잠심하여 보는데 제삼면 잡보란에 '김영창이라 하는 사람이 어떤 여학생과 무슨 감정이 있던지 재작일 하오 십일 시경에 상야 공원 불인지가에서 칼로 찌르다가 하곡구 경찰서로 잡혀 갔는데, 그 사람은 본디 조선 사람으로 영국 문과 대학에서 졸업한 자이더라.' 하고 게재하였는지라. 이 잡보를 보다가 하도 이상하여 한 번 다시 보고 또 한 번 더 훑어보아도 갈 데 없이 자기의 사실인데, 행패하던 놈의 성명이 다르매 더욱 이상하여 혼잣말로 '아이고, 이상도 하다. 이 말이 정녕 내 말인데 그놈이 강가 아니요, 김영창이란 말은 웬 말이며 영국 문과 대학 졸업이란 말은 웬 말인고. 아마 신문에 잘못 게재하였나 보다. 내가 영창이 생각을 잊어버리자고 신문을 보더니…….' 하고 신문을 땅에 던지다가 다시 집어 들고, '김영창……, 김영창……, 문과 대학 졸업' 하며 부슨 생각을 새로 하는 때에 누가 어떤 엽서 한 장을 주고 나가는데, 그 엽서는 재판소 호출장이라. 그 엽서를 받아 두고 병이 낫기를 기다리더니, 병원에 온 지 일주일이 되매 상처도 완전히 치료되고 재판소에서 부르는 일자가 되었는지라, 병원에서 퇴원하여 여관으로 돌아가는 길에 곧 재판소로 가더라.

정임의 마음에 이렇듯이 새기고 새겨 둔 영창은 정임을 이별하고 부모를 따라 초산으로 온 후에 날이 가고 해가 갈수록 역시 정임이 영창이 생각하는 것 진배없이 정임을 생각하며 가고 또 오는 말을 괴로이 지내더니, 하루는 정임에게서 편지가 와서 반갑게 떼어 본다.

'이별할 때에 푸르던 버들이 다시 푸르르니 하늘가를 바라보매 눈이 뚫어지고자 하나, 바다는 막막하고 소식은 없으니, 난간에 의지하여 공연히 창자가 끊어질 뿐이요, 해는 가까우나 초산은 멀며, 바람은 가벼우나 이 몸은 무거워서 날아다니는 술업은 얻지 못하고 다만 봄꿈으로 하여금 괴롭게 하니, 생각을 하면 마음이 상하고 말을 하자니 이가 시구나.'

이러는 만지장서(滿紙長書)를 채 다 보지 못하고 막 시작하여 여기까지 보는데 삼문 밖에서 별안간 '우지끈 뚝딱' 하며, '아우' 하는 소리가 나더니 봉두난발(蓬頭亂髮)한 놈, 수건 쓴 놈들이 혹 몽둥이도 들고 혹 돌도 들고 우 몰려들어 오면서 이방·형방·순로·사령을 미친 개 때리듯 하며, 한 떼는 올라와서 군수를 잡아 내리고, 한 떼는 내아에 들어가서 부인을 끌어내어 한 끈에다가 비웃두름을 엮듯이 동여 앉히고 여러 놈이 둘러서서 한 놈은,

"물을 끓여라."

한 놈은,

"구덩이를 파라."

또 한 놈은,

"이애들, 아서라. 학정은 모다 아전놈의 짓이지 그 못생긴 원놈이야 술이나 좋아하고 글이나 잘 짓지 무엇을 안다더냐. 그럴 것이 없이 집둥우리나 태워서 지경이나 넘겨라."

하는데 그중 한 놈이 쓱 나서며

"그럴 것 없이 좋은 수가 있다. 두 연놈을 큰 뒤주 속에 한데 넣어서 강물에 띄워 버리자."

하더니 여러 놈이

"이애, 그 말 좋다……. 자……."

하며 뒤주를 갖다가 군수 내외를 집어넣고 자물쇠를 채우고 진상 가는 꿀병 동이듯 이리 층층 얽고 서리 층층 얽어서 여러 놈이 떠메고 압록강으로 나가는데, 정임의 편지를 보던 영창은 창졸간에 하늘이 무너지고 땅이 꺼지는 듯한 난리를 만나매 어찌할 줄 모르고 몸부림을 하며 아버지 어머니를 부르고 울다가, 메고 나가는 뒤주를 쫓아가니 어떤 놈은 귀퉁이를 쥐어박고, 어떤 놈은 발길로 차기도 하며 어떤 놈은,

"이애, 요놈은 작은 도적놈이다. 요런 놈의 씨를 받아서는 못 쓰겠다. 요놈마저 뒤주 속에 넣어라."

하더니 어떤 놈이 와서

"아서라, 그까짓 어린 자식놈이야 무슨 죄가 있느냐. 그렇지마는 요놈이 이렇게 잘 입은 비단 옷도 모두 초산 백성의 피를 긁은 것이니 이것이나마 입혀 보낼 것 없다."

하고 달려들어 입은 옷을 다 벗기고, 지나가는 거지 아해의 옷 해진 틈틈이 서캐 이가 터진 방앗공이에 보리알 끼듯 한 옷을 바꾸어 입혀서 땅에 발이 붙지 않도록 들어 내쫓는다.

그 지경을 당하는 영창의 마음에는, 자기는 죽인대도 겁날 것이 없으되, 무죄한 부모가 참혹히 죽는 것이 비할 데 없이 애통한 생각에

'나도 압록강에 가서 기어코 우리 부모가 들어앉아 계신 뒤주

라도 붙들고 죽으리라.'

하고 구릉 언덕을 헤아리지 아니하고 엎드러지며 자빠지며 압록강을 향해 가는데, 읍내서 압록강이 몇 리나 되던지 밤새도록 가다가 어느 곳에 다다르니 위도 하늘 같고 아래도 하늘 같은 물빛이 보이는데, 사면은 적적하고 넓고 넓은 만경창파(萬頃蒼波)에 총총한 별빛만 반짝반짝하며 오열한 여울 소리가 슬피 조상하는 듯할 뿐이요, 자기 부모는 어디로 떠나갔는지 알 수 없는지라.

하릴없이 언덕 위에서 창자가 끊어지는 듯이 울며 몇 번이나 강물로 떨어지려고 하다가 다시 생각하고 '죽더라도 떠나가는 뒤주라도 보고 죽으리라.' 하여 물결을 따라 한없이 내려간다.

며칠이나 가고 어디까지나 왔던지 한곳에 이르러서는 발도 부르트고 다리도 아플 뿐 아니라 여러 날을 굶어서 기운이 쇠진하여 정신을 잃고 사장에 넘어졌으니 그 동탕한 얼굴이야 어디 갈 것 아니지마는, 그 넘어진 모양이 하릴없는 깍정이 송장이라. 강변 까마귀는 이리로 날며 '깍깍' 저리로 날며 '깍깍' 하고 개 떼는 와서 여기도 '꿋꿋' 맡아 보고 저기도 '꿋꿋' 맡아 보나 이것저것 다 모르고 누웠더니, 누가 허리를 꾹꾹 찌르고 또 꾹꾹 찌르는 섬에 간신히 눈을 들어 보니 어리와리하게 보이는 중에 키는 장승 같고 옷은 시커멓고 코는 주먹덩이만 하고 눈은 여산 칠십 리나 들어간 듯하여 도깨비 중에도 상도깨비 같은 사람이 옆에 서서 무슨 말을 하는데, 귀도 먹먹하지마는 어떤 말인지 어훈도 알 수 없고 말할 기운도 없거니와 대답할 줄도 모르고 눈만 멀거니 쳐다볼 뿐이라.

그 사람이 달려들어 일으켜 앉혀 놓고 빨병을 내어 물을 먹이더니, 손목을 끌고 인가를 찾아가니 그곳은 신의주 나루터이요, 그 사람은 영국 문학 박사 스미스라 하는 사람인데, 자선가로 유명한 사람이라.

그 사람이 동양을 유람코자 하여 일본에서 조선으로 와서 부산·대구·경성·개성·평양·의주를 다 구경하고 장차 청국 북경으로 가는 길에 이곳에서 영창이 넘어진 것을 보고, 얼굴이 비범한 아해가 그 모양으로 누워 있는 것을 매우 측은히 여겨 즉시 끌고 신의주 개시장 일본 사람의 여관으로 들어가서 급히 약을 먹인다, 우유를 먹인다 하여 정신을 차린 후에 목욕을 시키고 새 옷을 사서 입히니, 그 준수한 용모가 관옥 같은 호남자이라. 곧 데리고 압록강을 건너가니 다 죽었던 영창은 은인을 만나 목숨이 살아나매, 그때는 아무 생각이 없고 다만 '아무쪼록 생명을 보존하여 기회를 얻어 원수를 갚고 우리 부모의 사속(嗣續)을 전하리라.' 하는 마음뿐이라.

그 사람과 말이나 통할 것 같으면 사실 이야기나 자세히 하고 서울 이 시종 집으로나 보내 달라고 간청해 볼 터이언마는, 말은 서로 알아듣지 못하고 하릴없이 그 사람이 끌고 가는 대로 따라가는데, 서로 소 닭 보듯 하며 먹을 때 되면 먹고, 잘 때 되면 자고, 마차를 타고 막막한 광야로도 가고, 기차를 타고 화려 장대한 시가도 지나가고, 화륜선을 타고 망망한 바다로 돌아가서 어디로 가는지 모르고 가다가, 어느 곳에서 기차를 내리매 땅에는 철로가 빈틈없이 어디로 놓이고, 하늘에는 전선이 거미줄같이 얽혔으며, 넓고 넓은 길에 마차·자동차·자전거는 여기서도 쓰르르, 저기서도 뜰뜰하고, 십여 층 벽돌집은 좌우에 정연하며 각색 공장의 연기 굴뚝은 밀짚 들어서듯 총총하여 그 굉장한 풍물이 영창의 눈을 놀래니 그곳은 영국의 서울 '런던'이요, 스미스의 집이 곧 그곳이라.

스미스는 영창을 데리고 집으로 들어가서 세계에 없는 보화를 얻어 온 듯이 귀히 여기니, 그 부인도 역시 자기 자식같이 사랑하며 날마다 말을 가르치기로 일삼는데, 영창의 재주에 한 번 본 글자를 다시 잊지 아니하고 몇 날 못 되어 가정에서 날마다 쓰는 말은 능히 옮기매, 부인의 마음에 신통히 여기고 차차 지지·산술·이과 등의 소학교 과정을 가르치기에 재미를 붙이고, 영창도 스미스 내외에게 친부모같이 정답게 굴며 근심한 빛을 외면에 드러내지 아니하더라.

정임은 영창이 소식을 모르고 근심이 가슴에 맺혀서 옷끈이 자연 늘어지는 터이언마는, 영창은 부모가 그 지경된 것이 지극히 불상하여 백해가 녹는 듯이 슬픈 마음에 정임이 생각은 도시 잊었더니, 하루는 산술을 공부하는데 삼삼을 자승(33×33)하는 문제를 놓으며, '삼삼구……. 삼삼구……. 또 삼삼구……. 삼삼구' 하다가 문득 한 생각이 나며, '옳지! 정임이 남문역에서 작별할 때에 편지나 자주하라고 부탁하며 통호수를 잊거든 삼삼구를 생각하라더라.

편지나 부쳐서 소식이나 서로 알고 있으리라.' 하고 초산서 봉변하던 말과 스미스를 따라 런던에 와서 공부하고 있는 말로 즉시 편지를 우편으로 보내고, 다시 생각하고 편지 또 한 장을 써서 시종원으로 부쳤더니, 사오 개월이 지난 후에 편지 두 장이 한꺼번에 돌아왔는데, 쪽지가 너덧 장이 붙고 '영수인이 무하여 반환함.'이라 썼으니 우편이 발달된 지금 같으면 성안에 있는 이 시종 집을 어떻게 못 찾아 전하리오마는, 그때는 우체 배달이 유치한 전 한국 통신원 시대라. 체전부가 그 편지를 가지고 교동 삼십삼통 구호를 찾아가매 불이 타서 빈 터뿐이요, 시종원으로 찾아가매 이 시종이 갈려 버린 고로 전하지 못하고 도로 보낸 것이라.

편지를 두 곳으로 부치고 답장이 오기를 고대하던 영창은 어찌된 사실을 몰라 마음에 더욱 불평히 지내는데, 차차 지각이 날수록 남의 나라의 문명 부강한 경황을 보고 내 나라의 야매 조잔한 이유를 생각하매 다른 근심은 다 어디로 가고 다만 학업에 힘쓸 생각뿐이라. 즉시 학교에 입학하여 열심으로 공부하니 과공이 일취월장하여 열여섯 살에 중학교를 졸업하고, 열아홉 살에 문과 대학을 졸업하니 학문이 훌륭한 청년 문학가가 되었는지라.

스미스 내외도 지극히 기뻐할 뿐 아니라 영국 문부성 관리들이 극구 칭송을 아니하는 자가 없더니, 문부성 학무 국장이 스미스를 방문하고 자기 딸을 영창에게 통혼하는지라. 영창이 생각에 '아무리 정임과 서로 생사를 알지 못하나 내가 정임의 거취를 자세히 알기 전에는 다른 배필을 구하지 아니하리라.' 하고 그제야 자기 사실과 정임의 관계를 낱낱이 스미스에게 이야기하고 학무 국장의 의혼을 거절하였는데, 그해 유월에 스미스가 대일본 횡빈 주차 영사가 되어 일본으로 나오매 영창도 스미스를 따라 횡빈에 와서 있더라.

어느 때 동경으로 구경을 갔다가 지루한 가을장마에 구경도 못하고 적적한 여관에서 파초 잎에 떨어지는 빗소리를 들으며 소설을 저술하는데, 곡구 생각이 새로 간절한 중에 정임이 소식을 하루바삐 알고자 하는 회포가 마음을 흔들어서 '아마 정임은 그 사이 시집을 갔을걸.' 하고 생각하며 하늘가에 돌아가는 구름을 유연히 바라보더니, 헤어져 가는 구름 너머로 쑥 솟아오르는 한 조각달이 수정 같은 광휘를 두루 날리는지라.

곧 상야 공원에 가서 산보를 하다가, 불인지 연못가에서 마침 어떤 사람이 칼로 여학생을 찌르는 것을 보고 잔인한 생각이 왈칵 나서 소리를 지르고 급히 쫓아가니 여학생의 목에 칼이 박혔는지라. 그 칼을 얼른 빼어 들고 생각하매 '그놈은 벌써 달아났으니 경찰서에 고발하기도 혐의쩍고, 그대로 가자 하니 이것이 사나이 일이 아니라.' 사기가 대단히 민망하여 어찌할 줄 모르고 한참 생각할 때에 행순하던 순사에게 잡혀가니, 신문하는 마당에 무어라고 발명할 증거는 없으나 사실대로 말하니, 그 말은 아무 효력 없고 애매한 살인 미수범이 되어 즉시 재판소로 넘어가서 감옥서에 갇혀 있더라.

정임과 영창의 만남

이때 정임이 호출장을 가지고 재판소로 들어가니, 검사가 그날 저녁에 당했던 사실을 자세히 조사하더니 어떤 죄인을 대면시키고,

"저 사람이 공원에서 칼로 찌르던 사람 아니냐?"

하고 묻는데, 정임이 그 사람의 얼굴을 자세히 보고 병원에서 신문 보던 일을 생각하니 얼굴 전형도 영창이 어렸을 때 모습이요, 눈·귀·콧날도 모두 영창이라. 은근히 반가운 마음이 염통 밑을 쑤시나, 한편으로 그 사람이 정녕 영창인지 아닌지 의심도 없지 아니할 뿐 아니라 경솔히 반색할 일이 못 되고 또 관청에서 사사로운 말도 할 수 없는 터이라 검사에게 말대답할 겨를도 없이 그 죄인을 물끄러미 보다가 한참 만에 대답을 한다.

"저이는 그 사람이 아니올시다. 그러나 저 사람에게 한마디 물어볼 말씀이 있사오니 잠깐 허가하심을 바랍니다."

"무슨 말을?"

"이 사건에 대한 일은 아니오나 사사로이 물어볼 만한 일이 있습니다."

"무슨 말이지 잠깐 물어보아."

정임은 검사의 허락을 얻어 가지고 그 죄인을 대하여 조선말로 묻는다.

"당신은 어찌된 사유로 이곳에 오셨소?"

"다른 까닭이 아니라 공원에 구경을 갔다가 어떤 놈이 젊은 부인을 모해하고자 함을 보고 마음에 대단히 송연하여 급히 쫓아갔더니 그놈은 달아나고 내가 발명할 수 없이 잡혀 왔습니다.

그 부인이 아마 당신이신게요그려. 그때는 매우 위험하더니 천만에 저만하신 것을 대단히 감축합니다."

"그러하시오니까. 나는 그때 정신을 잃고 아무것도 몰랐습니다그려. 위태함을 무릅쓰고 사람을 구하여 주시니 대단히 고맙습니다마는, 애매히 여러 날 고생하여 계시니 가엾은 말씀을 어찌 다 하오리까. 그러나 존함은 누구신가요?"

"이 사람은 김영창이올시다."

"여러 번 묻기는 너무 불안합니다마는, 내게 은인이 되시는 터에 자세히 알아야 하겠습니다. 황송한 말씀으로 춘부장은 누구시오니까?"

"은인이라 하심은 천만의 말씀이올시다. 우리 선친은 ○○올시다."

"그러면 관직은 무슨 벼슬을 지내셨습니까?"

"비서승을 지내시고 초산 군수로 돌아가셨습니다."

하면서 눈살을 찡그리는데, 정임은 그 말을 들으매 다시 물을 것 없이 뇌수에 맺혀 있는 그 영창이라. 죽은 줄 알던 영창을 뜻밖에 만나니 정신이 아득아득하며 기쁜 마음이 진하여 슬픈 생각이 생겨서 아무 말을 못하고 눈물이 비 오듯 하는데, 영창은 감옥서에 갇혀서 발명하기를 근심하다가 여학생을 대면시키는 것이 대단히 상쾌하여 이제는 발명되겠다고 생각하더니, 그 여학생은 일본말로 검사와 수작하매 무슨 말인지 몰라 궁금하던 차에, 여학생이 조선말로 자세히 묻는 것이 하도 이상하여 그 얼굴을 살펴보니, 남문역에서 한 번 이별한 후로 십 년을 못 보던 정임의 용모가 여전하나 역시 의아하여 다른 말은 할 수 없고 다만 묻는 말만 대답하더니, 마침내 낙루하는 것을 보매 의심이 더욱 나서 한 번 물어본다.

"여보시오, 자세히 물으시기는 웬일이며, 또 낙루하기는 어찌한 곡절이오니까?"

"나를 생각지 못하시오. 나는 이 시종의 딸 정임이오."

하며 흑흑 느끼니 철석 같은 장부의 창자도 이 경우를 당하여서는 어찌할 수 없이 눈물을 보내 수건을 적시더라. 신문하던 검사는 어찌된 까닭을 모르고 정임을 불러 묻는지라. 정임이 영창과 같이 자라던 일로부터 부모가 혼인을 정하던 말과, 초산 민요 후에 서로 생사를 모르던 말과, 동경에 와서 유학하는 원인과 오늘 의외로 만난 말을 낱낱이 이야기하니 검사가 그 말을 들으매, 김영창은 백 배 애매할 뿐 아니라 그 사실이 매우 신기한지라. 검사도 정임의 절개를 무한히 칭찬하며 내어보내고, 강 소년을 잡으려고 각 경찰서로 전화도 하고 조선 유학생도 일변 조사하니, 각 신문에 '불행 위행'이라 제목하고 정임의 사실의 수미를 게재하여 극히 찬양하였으매 동경에 있는 조선 유학생이 그 사실을 모르는 사람이 없더라.

정임과 영창이 재판소에서 나와서 같이 여관으로 돌아와 마주 앉으니 몽몽한 꿈속을 보는 것도 같고, 죽어 혼백이 만난 듯도 하여 그 마음을 이루 측량할 수 없는지라. 서로 울기도 하고 웃기도 하며 그 사이에 풍파를 겪고 고생하던 이야기를 작약히 하다가 횡빈 영국 영사관으로 내려가서 정임은 스미스를 보고 영창을 구제해 준 것을 치하하고, 영창은 공교히 정임을 만난 말을 하여 본국으로 나가서 혼례를 지낼 이야기를 하니, 스미스도 대단히 신기히 여기고 혼례 준비금 삼천 원을 주는지라. 정임은 곧 장문전보를 본가로 보내고 영창과 한가지로 발정하여 서울 남대문 정거장에 가까이 오니, 한강은 용용하고 남산은 의의하여 의구한 고국산천이 환영하는 뜻을 머금었더라.

정임의 부모

정임이 동경으로 가던 그 이튿날 이 시종의 집에서는 혼인 잔치를 차리느라고 온 집안이 물 끓듯 하며 봉채 시루를 찐다, 신랑 마중을 보낸다 법석을 하는데, 신부는 방문을 척척 닫고 일고삼장(日高三丈)하도록 일어나지 아니하매 이 시종 부인이 심

히 이상히 여기고,

"이애 정임아, 오늘 같은 날 무슨 잠을 이리 늦게까지 자느냐. 어서 일어나서 머리도 빗고 세수도 하여라. 벌써 수모가 왔다." 하며 방문을 열어 보니 정임은 간곳없고 웬 편지 한 장이 자리 위에 펴 있는데,

'불효의 딸 정임은 부모를 떠나 멀리 가는 길을 임하여 죽기를 무릅쓰고 두어 마디 황송한 말씀을 아버님 어머님께 올리나이다. 대저 사람이 세상에 처하여 윤강을 지키지 못하면 가히 사람이랄 것 없이 금수와 다르지 아니함은 정한 일이 아니오니까. 그러하온대 부모께옵서 기왕 이 몸을 영창에게 허혼하였사오니 비록 성례는 아니하였을지라도 영창의 집 사람이 아니라고 할 수 없는 터이라 어찌 영창이 있고 없는 것을 헤아리오리까.

지금 사세로 말씀하오면 위에 늙은 부모가 계시고 아래에 사나이 동생이 없으매 그 정형이 대단히 절박하오니 그 사정을 알지 못하는 바는 아니오나, 지금 만일 부모의 두 번 명령하심을 복종하와 다른 곳으로 또 시집가오면 이는 부모로 하여금 그른 곳에 빠지게 하여 오륜의 첫째를 위반함이요, 이 몸으로서 절개를 잃어 삼강의 으뜸을 문란케 함이오니, 정임이

비록 같지 못한 계집아해오나 어찌 조그마한 사정을 의지하여 윤강을 어기고 금수에 가까운 일을 차마 행하오리까. 그러하므로 죽사와도 내일 일은 감히 이행치 못하옵고 곧 만리붕정(萬里鵬程)의 먼 길을 향하오니, 부모의 슬하를 떠나 걱정을 시키는 일은 실로 불효막심하오나 백 번 생각하고 마지못하여 행하옵나이다.

그러하오나 멸학매식(滅學昧識)한 천질(賤質)로 해외에 놀아 문명 공기를 마시고 좋은 학문을 배워 돌아오면 이 어찌 영화가 되지 아니하오리까. 머지 아니하여 돌아오겠사오니 과도히 근심 마옵시기를 천만 바라오며, 급히 두어 자로 갖추지 못하오니 아버님 어머님은 만수무강하옵소서.'

"이거 변괴요그려. 요런 방정맞은 년 보아."
"왜 그리여, 이게 무엇이야······. 응?"
하고 그 편지를 받아 보는데 부인의 마음에는 딸이 죽어서 나간 듯이 서운 섭섭하여 비죽비죽 울며 목멘 소리로,
"고년이 평일에 동경 유학을 원하더니 아마 일본을 갔나 보오. 고년이 자식이 아니라 애물이야. 고 어린년 어디 가서 고생인들 오죽 할라구. 고년이 요런 생각을 둔 줄 알았더면 아해년으로 늙어 죽더라도 고만두었지. 그러나 저러나 아무 데를 가더

라도 죽지나 말았으면."

하며 무당이 넋두리하듯 하는데 시종이 그 편지를 다 보더니,

"여보, 요란스럽소, 떠들지 마오."

하고 전보지를 내어 정임을 압류하여 달라고 부산 경찰서로 보내는 전보를 써 가지고 전보 부칠 돈을 꺼내려고 철궤를 열어 보니, 귀 떨어진 엽전 한 푼 아니 남기고 죄다 닥닥 긁어내었는지라 하릴없이 제일 은행 소절수에 도장을 찍어 지갑에 넣더니,

"여보 마누라, 나는 전보를 부치고 바로 부산까지 다녀올 터이니 집안일은 마누라가 휘갑을 잘하오."

하고 나갔는데, 부인은 정신없이 허둥지둥할 사이에 잔치 손님이 꾸역꾸역 모여들고, 마침 중매아비 정임의 외삼촌이 오는지라. 부인이 그 동생을 붙들고 정임이 이야기를 한창 하는 판에 새신랑이 사모관대하고 안부를 말머리에 앞세우고 우적우적 달려드니, 부인 남매는 신부가 밤사이에 도망하였다는 말을 어찌하며, 또 갑자기 죽었다고 핑계도 할 수 없는 터이라 어찌할 줄 모르고 창황망조(蒼黃罔措)하다가 동에 닿지도 않는 말로 신부가 지난 밤에 급히 병이 나서 병원에 가 있다고 우선 말하니 그 눈치야 누가 모르리오. 안손, 바깥 손, 내 하인, 남의 하인 할 것 없이 모두 이 구석에 몰려서 수군수군, 저 구석에 몰려서 수군수군하는데, 신부 없는 혼인을 어찌 지낼 수 있으리오.

닭 쫓던 개는 지붕이나 쳐다보지마는 장가들러 왔던 신랑은 신부를 잃고 뒤통수를 치고 돌아서고, 정임 외삼촌은 즉시 신랑의 부친 박 과장을 가서 보고 정임이 써 놓고 간 편지를 내어 보이며, 사실의 수미를 자세히 이야기하고 무수히 사과하였으나, 그 창피한 모양은 이루 말할 수 없으며, 이 시종은 그 길로 즉시 부산을 내려가서 연락선을 타는 선창목을 지키나, 그때 색주가 서방에게 잡혀 가 갇혀 있는 정임을 어찌 그림자나 구경할 수 있으리오. 하릴없이 그 이튿날 도로 올라오는 길에 경찰서에 가서 간권히 다시 부탁하고 왔으나 정임은 일본 옷 입고 일본 사람 틈에 끼어 갔으매 경찰서에서도 알지 못하고 놓쳐 보낸 것이더라.

이 시종 내외는 생세지락(生世之樂)을 그 외딸 정임에게만 붙이고 늙어 가는 터이라 응석도 재미로 받고, 독살도 귀엽게 보여, 근심이 있다가도 정임이 얼굴만 보면 없어지고, 화증이 나다가도 정임이 말만 들으면 풀어지며, 어디를 갔다 오다가도 대문께에서 정임부터 찾으며 들어오는 터이더니, 정임이 흔적 없이 한 번 간 후로 정임의 거동은 눈에 암암하고, 정임의 목소리는 귀에 쟁쟁하여 정임 생각에 곤한 잠이 번쩍번쩍 깨어 미칠 것같이 지내는데, 어느 날 아침에는 하인이 어떤 편지 한 장을 가지고 들어오며 '경성 북부 자하동 일백팔통 십호 이 시종 ○

○ 귀하'라 쓰고, 후면에는 '동성시 하곡구 기판정 십일 번지 상야관 이정임'이라 하였는지라. 이 시종이 받아 보매 눈이 번쩍 띄어,

"마누라 마누라, 정임이 편지가 왔소그려."

"아에그, 고년이 어디 가서 있단 말씀이오."

하며 반가운 마음을 이기지 못하여 비죽비죽 우는데 이 시종이 그 편지를 떼어 보니,

미거한 여식이 오괴한 마음으로 불효됨을 생각지 못하옵고, 홀연히 한 번 집을 떠난 후에 성사를 오래 궐하오니 지극히 황송하옵고 또한 문후할 길이 없사와 민울한 마음이 측량없사오며 그 사이 추풍은 불어 다하고 쌓인 눈이 심히 춥사온데 기체후(氣體侯) 일향만안(一向萬安)하옵시고, 어머니께옵서도 안녕하시오니까.

복모구구(伏慕區區) 불리옵지 못하오며, 여식은 그때 곧 동경으로 와서 공부하고 잘 있사오나, 아버님 어머님 뵈옵고 싶은 마음과 부모님께옵서 이 불효자식을 과히 근심하실 생각에 잠이 달지 아니하며, 먹어도 맛을 알지 못하고 항상 민망히 지내옵나이다.

그러하오니 집에 있을 때에 지어 주는 옷이나 입고 다 해 놓

은 밥이나 먹으며 사나이가 눈에 띄면 큰 변으로 알아 대문 밖을 구경치 못하옵다가, 이곳에 와서 처음으로 문명국의 성황을 관찰하오매 시가의 화려함은 좁은 안목에 모두 장관이옵고, 풍속의 우미함은 어둔 지식에 배울 것이 많사와 날마다 풍속 시찰하기에 착심하고 있사오니, 본국 여자는 모두 집안에 침복하여 능히 사람된 직책을 이행치 못하고 그 영향이 국가에까지 미치게 함이 마음에 극히 한심하옵기, 속히 학교에 입학하여 신학문을 많이 공부하여 가지고 귀국하와 일반 여자계를 개량코자 하옵나이다.

이 자식은 자식으로 생각지 마옵시고 너무 걱정 마시기를 천만 바라오며, 내내 기운 안녕하옵시기 엎디어 비옵고 더할 말씀 없사와 이만 아뢰옵나이다.

여식 정임 상서

그 편지를 내외가 돌려가며 보다가,

"아이그 고년이야, 어린년이 동경을 어찌 갔나. 고년, 조고만 년이 맹랑도 하지. 영감은 그때 부산서 무엇을 보고 오셨소. 경관도 변변치 못하지……. 그러고저러고 아무 데든지 잘 가 있다는 소식을 알았으니 시원하오마는, 우리가 늙어 오늘 죽을지 내일 죽을지 모르는 처지에 그 딸자식 하나를 오래 그리고는 못 살겠소. 기다랗게 할 것 없이 영감이 가서 데리고 오시오. 시집만 보내지 아니하면 고만이지요. 제가 마다고 아니 가는 시집을 부모인들 어찌하겠소."

"그렇지마는 사유가 이렇게 된 이상에 그것을 데려오면 어떻게 한단 말이오. 점점 모양만 더 창피하니 나중에 어찌하던지 저 하는 대로 내버려 두고 왁자히 소문 내지 마시오."

부인은 단지 그 딸을 간 곳도 모르고 그리던 끝에 보고 싶은 생각이 더욱 바빠서 한 말인데, 남편의 대답이 이렇게 나가매 조조한 마음을 참고 있으나, 원래 부인의 성정이라 딸을 보고 싶은 생각만 나면 그만 데려오라고 은근히 그 남편을 조르는 터이지마는, 이 시종은 그렇지 아니한 이유를 부인에게 간곡히 설명하고 다달이 학자금 오십 원씩을 보내 주며, 언제든지 제 마음 내키는 대로 돌아오기만 기다리고 두 내외가 비둘기같이 의지하여 한 해 두 해 지내는데, 늙어 갈수록 정임의 생각이 간절하여 몸이 좀 아프기만 하면 마음이 더욱 처연한 터이라.

정임과 영창의 결혼

하루는 부인이 몸이 곤하여 안석에 의지하였는데 홀연히 마음이 좋지 못하여 '몸이 이렇게 은근히 아프니 아마 정임을 다시 못 보고 황천에 가려나 보다.' 하고 생각하고 누웠더니 서창으로 솔솔 불어오는 맑은 바람에 낮잠이 혼곤히 오는데, 전에 살던 교동 집에서 옥동 박 신랑과 정임이 혼인을 지낸다고 수선하는 중에 난데없이 영창이 칼을 들고 별안간 달려들며 내 계집을 또 시집보내는 놈이 누구냐고 소리를 벽력같이 지르고 이 시종을 칼로 찍으니 이 시종이 마루에 넘어져서 발을 버둥버둥하며 '어어' 하는 소리에 잠을 번쩍 깨니, 대문간에서 어떤 사람이 문을 두드리며 "전보 들여가오, 전보 들여가오." 하는 소리가 귀에 들리는지라.

그때 하인이 다 어디로 갔던지 부인이 급히 나가 전보를 받아 보니 정임에게서 온 전보라. 꿈을 생각하고 정임이 전보를 받으매 가슴이 선뜩하여 급히 떼어 보니 전보지는 대여섯 장 겹치고 전문은 모두 꾸불꾸불한 일본 국문이라, 볼 줄은 알지 못하고 갑갑하고 궁금하여, '이게 무슨 말인고, 이 사이 꿈자리가 어지럽더니 근심스러운 일이 또 생겼나 보다. 제가 나올 때도 되었지마는 나온다는 말 같으면 이렇게 길지 아니할 터인데, 아마 병이 들어 죽게 되었다는 말이겠지.' 하며 중얼중얼 하는 때에 이 시종이 들어오는지라.

　부인이 전보를 내어놓으며 꿈 이야기를 하는데 이 시종도 역시 소경단청이라, 서로 답답한 말만 하다가 일본 어학을 하는 사람에게 번역해다가 보니 다른 말이 아니요, 상야 공원에서 봉변하던 말과 의외에 영창을 만난 말과 영창과 방금 발정하여 어느 날 몇 시에 서울에 도착한다는 말이라. 일변 놀랍기도 하고 일변 반갑기도 하여, 이 시종은 감투를 둘러쓰고 돌아다니며 작은 사랑을 수리해라, 건넌방에 도배해라 분주히 날치고, 부인은 안방으로 들어갔다 마루로 나섰다 정신없이 수선하며 내외가 밥 먹을 줄도 모르고 잠잘 줄도 모르고, 칙사나 오는 듯이 야단을 치더니 정임이 입성한다는 날이 되매 남대문역으로 정임을 마중 나가는데 정임이 타고 오는 기차가 도착하니, 그때 정거장 한 모퉁이에는 서로 붙들고 눈물 흘리는 빛이더라.

　정임은 좋은 학문도 많이 배우고 가슴에 못이 되던 영창을 만나서 다섯 해 만에 집에 돌아와 부모를 뵈니 이같이 기쁜 일은 다시없이 여기고 왕사는 다 잊어버린 터이지마는 이 시종은 좋은 마음이야 오죽할 것인가. 정임을 박 과장 집으로 시집보내려고 하던 생각을 하매 정임을 볼 낯이 없을뿐더러, 더구나 영창을 보기가 면난하여 좋은 마음은 속에 품어 두고 정임이나 영

창을 대할 적마다 부끄러운 기색이 표면에 나타나더니, 그 일은 이왕 지나간 일이라 그런 생각은 다 접어놓고 일변 택일을 하고 일변 잔치를 차리며, 일변은 친척 고우에게 청첩을 보내서 신혼 예식을 거행한다.

예식을 습관으로 할 것 같으면 전안(奠雁)도 하고 초례도 하겠지마는 이 시종도 신식을 좋아하거니와 신랑 신부가 모두 신공기를 쏘인 사람이라, 구습은 일변 폐지하고 신식을 모방하여 신혼식을 거행한다. 신랑은 문관 대례복에, 신부는 부인 예복을 입고 청결한 예식장에 단정히 마주 선 후에 신부의 부친 이 시종을 매개로 악수례를 행하니, 많이 모인 잔치 손님은 그런 혼인을 처음 보는 터이라, 혹 입을 막고 웃는 사람도 있고, 혹 돌아서서 흉보는 사람도 있으며 그중에도 습관을 개혁하고자 하는 사람은 무수히 찬성하는데, 한편 부인석에서 나이가 한 사십 된 부인이 나서더니,

"이 사람이 아무 지식은 없사오나 오늘 혼례에 대하여 할 줄 모르는 말 서너 마디 할 터이오니 여러분은 용서하십시오."

하고 연설을 시작한다.

대저 신혼 예식이라 하는 것은 한 남자와 한 여자가 비로소 부부가 된다고 처음으로 맹약하는 예식이 아니오니까? 그런

고로 그 예식이 대단히 소중한 예식이올시다. 어찌 소중하냐 하면 한 번 이 예식을 지낸 후에는 백 년의 고락을 같이하며 만대의 혈속을 전할 뿐 아니요, 남편되는 사람은 또 장가들지 못하고 더군다나 아내되는 사람은 다른 남자를 공경하는 일이 절대 없는 법이니, 이렇게 소중한 혼례식이 어데 또 있습니까?

그러하나 내용상으로 말하면 이같이 중대하지마는 표면적으로 말하면 한 형식에 지나지 못하는 일이라고 하겠습니다. 왜 그러하냐 하면 이 예식을 지내고라도 남편이 아내를 버린다든지, 아내가 행실이 부정할 것 같으면 소위 예식이라 하는 것은 한 희롱이 되고 말 것이요, 만일 예식을 아니 지내고라도 부부가 되어 혼례식을 지낸 사람보다 의리를 잘 지키면 오히려 예식을 지내고 시종이 여일치 못하니보다 낫지 아니하겠습니까?

그러하나 그 의리라 하는 것은 이왕 말씀한 바와 같이 남편은 또 장가들지 못하고, 아내는 다른 남자를 공경치 못하는 것이올시다. 그러나 그중에 아내되는 사람의 책임이 더욱 중하니 서양 풍속 같으면 남녀가 동등한 권리를 보유하여 남편이나 아내는 일반이지마는, 원래 동양 습관에는 남편은 어떠한 외입을 하든지 유처취처(有妻娶妻)하여 몇 번 장가를 들어도 아무 관계없으나, 여자가 만일 한 번 실절하면 세상에 다시 용납치 못할 사람이 되니, 남녀가 동등하지 못하고 남편의 자유를 묵허함은 실로 불미한 풍속이지마는, 그는 여자가 권리를 스스로 잃는 것이라 말할 필요가 없거니와, 아내가 절개를 지키는 것은 원리적으로 여자의 직분이 아니오니까?

그러하지마는 음분난행(淫奔亂行)은 많은 여자에게서 먼저 생기는 고로 옛적 성인도 '열녀는 불경이부(不更二夫)'라 하여 여자를 더욱 경계하셨으니 남의 아내된 사람의 책임이 얼마나 중합니까? 그러하나 그 의리와 직책을 잘 지키기 장히 어려운 고로 열녀가 나면 그 영명을 천고에 칭송하는 바이 아니오니까?

그러한데 오늘 신혼식을 지낸 신부 이정임은 가히 열녀의 반열에 참례하겠다 합니다. 그 이유를 말하고자 하면, 정임이 강보에 있을 때에 부모가 김영창 씨와 혼인을 정하여 서로 내외될 사람으로 인정하고 같이 자라났으니, 그 관계로 말하든지 그 정리로 말하든지 그 형식에 지나가지 못하는 혼례식을 아니 지냈다고 어찌 부부의 의리가 없다 하리까? 그러나 중도에 영창 씨의 종적을 알지 못하니 만일 열녀가 아니면 다른 곳으로 시집갔으련마는 그 의리를 지키고 결코 김영창 씨를 저버리지 아니하여 천곤백난(千困百難)을 지내고 기어코 김영창 씨를 다시 만나 오늘 예식을 거행하니 그 숙덕이 가히 열녀가 되겠습니까? 못 되겠습니까? 여러분 모두 생각하여 보십시오. (내빈이 모두 박수한다.)

또 신혼 예식 절차로 말씀하면 상고 시대에 나무 열매를 먹고 풀로 옷을 지어 입을 때에야 어찌 혼인이니 예식이니 하는 여부가 어데 있으리가. 생생지리(生生之理)는 자연한 이치인 고로 금수와 같이 남녀가 난잡히 상교하매 저간에 무한한 경쟁이 있더니, 사람의 지혜가 조금 발달되어 비로소 검은 말 가죽으로 폐백하고 일부일부가 작배함으로부터 차차 혼례라 하는 것이 발명되었는데, 그 예식은 고금이 다르고 나라마다 다를 뿐 아니라, 아까 말씀한 것과 같이한 형식에 지나지 못하는 것이올시다. 그러하니 그 형식에 지나지 못하는 예식의 절차는 아무쪼록 간단하고 편리한 것을 취하는 것이 좋지 아니하겠습니까.

그러한데 조선 풍속에는 혼인을 지내려면 그날 신랑은 호강하지마는 신부는 큰 고생을 하는 날이올시다. 얼굴에는 회박을 씌워서 연지 곤지를 찍고 눈을 왜밀로 철꺽 붙여 소경을 만들어 앉히고 엉덩이가 저려도 종일 꼼짝 못하게 하니 혼인하는 날같이 좋은 날 그게 무슨 못할 일이오니까? 여기 계신 여러 부인도 아마 그런 경우 한 번씩은 다 당해 보셨겠습니다마는 그렇게 괴악한 습관이 어데 있습니까?

이중에 혹 '저것도 예식이라고 하나?' 하는 분도 계실 듯하지마는 그렇지 않습니다. 좋지 못한 구습을 먼저 개혁하는 사람이 없으면 어떠한 일이든지 도저히 개량하여 볼 날이 없습니다. 오늘 지낸 예식이 가히 조선에 모범이 될 만하오니 여러분도 자녀 간 혼인을 지내시거든 오늘 예식을 모방하십시오. 나는 정임의 외숙모가 되는 사람이나 조금도 사정 둔 말씀이 아니오니 여러분은 깊이 헤아리시기를 바라오며, 변변치 못한 말씀을 오래 하오면 들으시기에 너무 지리하고 괴로우실 듯하와 고만두겠습니다.

연설을 마치매 남녀 간 손님이 모두 박수갈채하고 헤어져 가는데, 그날 밤 동방화촉(洞房華燭)에 원앙금침을 정답게 펴놓으니 만실춘풍(滿室春風)에 화기가 융융하고 이 시종은 희색이 만면하여 사랑에서 친구와 술을 먹으며 그 딸의 사실 일장을 이야기하더라.

잡힌 강 소년

　상야 공원에서 정임을 칼로 찌르던 강 소년은 대구 부자의 아들인데, 열네 살에 부친이 죽으매 열다섯 살부터 외입에 반하여 경향으로 다니며 양첩도 장가들고 기생도 떼어 팔선녀를 꾸며서 여기저기 큰 집을 다 각각 배체하고 화려한 문방구나 잡화상을 벌이며, 각종의 음악기로는 연극장을 설립하여 놓고, 이집 저집 돌아다니며 무궁한 행락을 하다가 못하여 그것도 오히려 부족히 여기고, 주사청루(酒肆靑樓)는 거르는 날이 없으며, 산사강정(山寺江亭)에 아니 노는 곳이 없이 그 방탕함이 끝이 없으매, 저의 집 십만여 원 재산이 몇 해 아니 가서 다 없어지고 종조리 판에는 토지 가옥까지 몰수이 강제 집행을 당하니 그 많던 계집도 물 흐르고 구름 가듯 하나둘씩 뿔뿔이 다 달아나고 제 몸 하나만 홀연히 남았다.

　대저 음탕무도(淫蕩無道)하던 놈이 이 지경이 되면 개과천선할 줄은 모르고 도적질할 생각이 생기는 것은 하등 인류의 자연한 이치라, 그 소년은 제 신세가 결딴나고 제 집이 망한 것은 조금도 후회 없고, 단지 흔히 쓰던 돈을 못 쓰고 잘하던 외입을 못하는 것이 지극히 민망하여 곧 육촌의 전답 문권을 위조하여 만 원에 팔아 가지고 또 한참 흥청거리다가, 그 일이 발각되어 육촌이 정장하였으므로 관가에서 잡으려고 하매 즉시 동경으로 달아나 산본이라 하는 노파의 집에 주인을 잡고 있는데, 아무 소관사 없이 오래 두류하는 것을 모두 이상히 여길 뿐 아니요, 경찰서 조사에 대답하기가 곤란하여 유학생인 체하고 어느 학교에 입학하였다.

조금만 생각 있는 놈 같으면 별 풍상을 다 겪고 내 재물을 그만치 없앴으니 동경같이 좋은 곳에 와서 남의 경황을 구경하였으면 제 마음도 좀 회개할 듯하건마는, 개꼬리를 땅에 삼 년 묻어 두어도 황모가 되지 아니한다고, 학교에 입학은 하였으나 공부에는 정신없고 길원 같은 화류장에나 종사하며 얼굴 반반한 여학생이나 쫓아다니는 터이라.

정임이 학교에 가는 길이 강 소년 학교에 오는 길이라, 정임은 몰랐으나 강 소년은 정임이 다니는 학교에 갈 적에 만나고 올 적에 만나매 음흉한 욕심이 가슴에 탱중하여, 정임이 다니는 학교까지 따라가 보기도 하고 정임이 있는 여관 앞까지 쫓아와 보기도 하였으나, 정임이 대문 안으로 쑥 들어가기만 하면 한 겹 대문 안이 태평양을 격한 것같이 적막하고 다시 소식 없어 마음에 점점 감질만 나게 되매 항상 '그 여학생을 어찌하면 한번 만나 볼꼬.' 하고 생각하더니 어떻게 알아보았던지 그 여학생이 조선 사람인 줄도 알고 이름이 이정임인 줄도 알았다. 그러나 어떻게 놀려 낼 수단이 없어 주인의 딸 산본 영자를 시켜 여학생 일요 강습회를 조직하고, 이정임을 유인하여 회장을 만들어 놓고, 자기는 재무 촉탁이 되어 정임과 관계가 가까이 되고 면분이나 두터워지거든 어떻게 꾀어 볼까 한 일이다.

사맥은 여의히 되었으나 정임의 정숙한 태도에 압기가 되어 말도 못 붙여 보고 또 산본 노파를 소개하여 정당히 통혼도 하여 보다가 그 역시 실패하매 이를 것 없이 분히 여기던 차에, 공교히 호젓한 불인지가에서 만나 달빛에 비치는 자색을 다시 보매 불같은 욕심이 바짝 나서 어찌되었든지 한 번 쏘아 보리라 하다가 종내 그렇게 행패한 것이다. 그 길로 도망하여 조선으로 나왔으나 죄지은 일이 한두 가지가 아니매 집으로는 가지 못하고 바로 서울로 와서 변성명하고 돌아다녔다. 하루는 북장동 네거리에서 동경 있을 때에 짝패가 되어 계집의 집에 같이 다니던 유학생 친구를 만나니, 그야말로 유유상종이라고 그 친구도 역시 강 소년과 한 바리에 실을 사람이라.

장비는 만나면 싸움이라더니 이 두 사람이 서로 만나면 아무것도 하릴없고, 요리가 아니면 계집의 집으로 가는 일밖에 없는 터이라. 이때에 또 만나서 "이애, 오래간만에 만났으니 술이나 한 잔씩 먹자.", "무슨 맛에 술만 먹는단 말이냐. 술을 먹으려거든 은군자 집으로 가자." 하며 두서너 마디 수작이 되더니 아늑

하고 조용한 곳으로 찾아가느라 하는 것이 잣골 이 시종 집 옆에 있는 진주집이라고 하는 밀매음녀 집에 가서 술을 먹었다.

그 친구는 동경서 '불경 위행'이란 신문 잡보도 보고 경찰서에서 유학생을 조사하는 통에 강 소년이 그런 짓을 하고 도망한 줄 알고 조선을 나왔으나, 강 소년을 만나매 남의 단처를 아는 체할 필요가 없어 그 일을 아는 생색도 아니하고 계집을 데리고 술을 먹으며 정답고 재미있게 밤이 깊도록 노는 터이러니, 원래 탕자 잡류의 경박한 행동은 정다운 친구와 술을 먹으러 가재 놓고도 수틀리면 때리고 욕하기는 항용 하는 일이라. 두 사람이 술에 잔뜩 취하여 횡설수설 주정을 하던 끝에 주인 계집 까닭으로 시비가 되어 옥신각신 다투다가, 술상도 치고 세간도 부수더니, 점점 쇠어 큰 싸움이 되며 뺨도 때리고 옷도 찢으며 일장 풍파가 일어나서 내가 옳으니 네가 옳으니, 재판을 가자 호소를 가자 하며 멱살을 서로 잡고 이 시종 집 대문 앞에서 싸우는 소리가,

"이놈, 네가 명색이 무엇이냐. 네까짓 놈이 뉘 앞에서 요따위 버르장이를 하여. 네가 요놈 동경서 여학생 정임을 죽이고 도망해 나온 강가 놈이지. 너 같은 놈은 내가 경무청에 고발만 하면 네 죄는 경하여야 종신 징역이다. 요놈, 죽일 놈 같으니."

하며 닭 싸우듯 하는 소리가 벽력같이 이 시종 집 사랑에까지

들리더라.

 이때는 곧 정임이 신혼식을 지내던 날 저녁이라, 이 시종이 사랑에서 친구와 술을 먹으며 정임이 이야기를 하는데, 상야 공원에서 강 소년이 행패하던 말을 막 하는 판에 모든 사람이 매우 통분히 여기는 때에 별안간 문밖에서 와자하는 소리가 나는지라, 여러 사람이 모두 귀를 기울이고 듣더니, 그 좌석에 북부 경찰서 총순(總巡)에 다니는 사람이 앉았다가 그 싸움 소리를 듣고 즉시 쫓아나가 그 소년을 잡으니 갈데없는 강 소년이라 온 집안이 들썩들썩하며,

"아이그, 고놈 용하게도 잡혔다."

"고놈 상판대기가 어떻게 생겼나 좀 구경하자."

"요놈이 살인 미수범이니까 몇 해 징역이나 될고."

하며 어른, 아해가 모두 재미있어 하다가 그 소년은 곧 북부 경찰서로 잡혀가니 온 집안이 고요하고 종려나무 그림자 밑에 학의 잠이 깊었는데, 정임이 신방에서 낭랑옥어(琅琅玉語)가 재미있게 나더라.

신혼여행

　조선 습관으로 말하면 혼인을 갓 한 신랑 신부는 서로 말도 잘 아니하고 마주 앉지도 못하여 가장 스스러운 체하는 법이요, 더구나 신부는 혼인한 지 삼 일만 되면 부엌에 내려가 밥이나 짓고 반찬이나 만들기 시작하여 바깥 구경도 못 하는 터이라 내외가 한가지 출입하는 일이 어디 있으리오마는, 영창 내외는 혼인을 지내던 제삼 일에 만주 봉천으로 신혼여행을 떠난다.

　내외가 나란히 서서 정답게 이야기하며 정거장으로 나가는 모양이, 영창은 프록코트에 고모를 쓰고, 한 손으로는 땅에 끌리는 정임의 분홍 양복 치맛자락을 치어들었으며, 정임은 옥색 우산을 어깨 위에 높이 들어 영창과 반씩 얼러 받았는데, 그 요조한 태도는 가을 물결 맑은 호수에 원앙이 쌍으로 나는 것도 같으며, 아침볕 성긴 울에 조안화가 일시에 웃는 듯도 하더라.

　신혼여행은 서양 풍속에 새로 혼인한 신랑 신부가 서로 심지도 흘러보고 학식도 시험하며 처음으로 정분도 들이고자 하여 외국이나 혹 명승지로 여행하는 것인데, 만일 서로 지기가 상합치 못하면 그 길에 이혼도 하는 일이 있지마는, 영창 내외야 무슨 심지를 더 흘러보고 어떤 정분을 또 들이며 어찌 이혼 여부가 있으리오마는, 유람도 할 겸 운동도 할 겸 서양 풍속을 모방하여 떠나는 여행이라.

남대문 정거장에서 의주 북행차 타고 가며 곳곳을 구경하는데, 개성에 내려 황량한 만월대와 처창한 선죽교의 고려 고적을 구경하고, 평양에 가서 연광정에 오르니, 그 한유한 안계(眼界)는 대동강 비단 같은 물결에 백구는 쌍으로 날고 한가한 돛대는 멀리 돌아가는 경개가 가히 시인소객(詩人騷客)이 술 한 잔을 먹을 만한 곳이라.

행장에 포도주를 내어 서로 권하며 전일 평양 감사 시대에 백성의 피를 빨아 가지고 이곳에서 기생을 데리고 풍류하며 극호강들 하던 것을 탄식하다가, 곧 부벽루·모란봉·영명사·기린굴을 낱낱이 구경하고, 그 길로 안주 백상루, 용천 청류당을 다 지나서 의주 통군정에 올라 난간에 의지하여 압록강 상의 풍범사도와 연운 죽수를 바라보더니 영창이 얼굴에 초창한 빛을 띠고 손을 들어 사장을 가리키며,

"저곳이 내가 스미스 박사를 만났던 곳이오. 저곳을 다시 보니 감구지회(感舊之懷)를 이기지 못하겠소. 이 완악한 목숨은 살아 이곳에 다시 왔으나, 우리 부모는 저 강물에서 장사 지내고 다시 뵈옵지 못하겠으니 천추에 잊지 못할 한을 향하여 호소할 데가 없소그려."

하고 바람을 임하여 한숨을 길게 쉬며 흐르는 눈물을 금치 못하

니, 정임도 그 말을 듣고 그 모양을 보매 자연 비감한 생각이 나서 역시 눈물을 씻으며,

"그 감창한 말씀이야 어찌 다 하오리까. 오늘날 부모가 살아 계시면 우리를 오죽 귀해하시겠소. 그 부모가 우리를 그렇게 귀히 길러 재미를 못 보시고 중도에 불행히 돌아가셨으니, 지하에 가서 차마 눈을 감지 못하실 터이오. 우리도 그 부모를 봉양코자 하나 어찌할 수가 없으니 그야말로 자욕효이(恣慾孝而) 친부재(親不在)요그려. 그러나 과도히 슬퍼 마시고 아무쪼록 귀중한 몸을 보전하시오."

이렇게 서로 탄식도 하며 위로도 하다가, 즉시 압록강을 건너 구련성을 구경하고 계관역에 내려 멀리 계관산·송수산을 지점하며,

"이곳은 러일 전역 당시에 일본군이 대승리하던 곳이오그려. 내가 이곳을 나가 본 지 몇 해가 못 되는데 벌써 황량한 고전장이 되었네."

"아……. 가련도 하지. 저 청산에 헤어진 용맹한 장사와 충성된 병사의 백골은 모두 도장 속 젊은 부녀의 꿈속 사람들이겠소그려.

"응, 그렇지마는 동양 행복의 기초는 이곳 승첩에 완전히 굳고 저렇게 철도를 부설하며 시가를 개척하여 점점 번화지가 되

어 가니, 이는 우리 황색 인종도 차차 진흥되는 조짐이지요."

이렇게 수작하며 가을빛을 따라 늦은 경을 사랑하며 천천히 행보하여 언덕을 넘고 다리도 건너며 단풍가지를 꺾어 모자에 꽂기도 하고, 잔잔한 청계수를 움켜 손에 씻더니 어언 간에 저문 해는 서산을 넘고 저녁연기는 먼 수풀에 얽혔는지라.

"해가 저물었으니 고만 정거장 근처로 돌아갑시다. 오늘밤은 이곳에서 자고 내일 일찍이 떠나가며 구경하지."

"내일은 어데 어데 구경할까요. 요양백탑과 화표주는 어데쯤 있으며, 여기서 심양 봉천부는 몇 리나 남았소? 아마 봉황성은 가깝지. 그러나 계문연수가 구경할 만하다는데 그 구경도 할 겸 이 길에 북경까지 갈까?"

하며 막 돌아서서 정거장을 향하고 오는데, 한편 산모퉁이에서 난데없는 청인 한 떼가 흑말도 타고, 흑노새도 타고 우 달려들며 두말없이 영창을 잔뜩 결박하여 나무 수풀에 제쳐 매어 놓고 일변 수대도 빼앗고, 시계도 떼고, 안경도 벗겨 모두 주섬주섬하여 가지고 정임을 번쩍 들어 말께 치켜 앉혀 놓고 꼼짝도 못하게 층층 동여매더니 채찍을 쳐서 급히 몰아가는지라.

정임은 여러 번 놀라 본 터에 또 꿈결같이 이 변을 당하매 가슴이 덜컥 내려앉고 간이 콩알만 해지며 자기가 잡혀가는 것은 고사하고 남편이 어찌되는지 몰라 눈이 캄캄하고 정신이 아득

아득하여 그 마음을 지향할 수 없으나 형세가 불가항력이라 속절없이 잡혀가는데, 어디로 가는지 한없이 가다가 한곳에 다다라 궁궐같이 큰 집 속으로 들어가더라.

 정임을 대청에 올려 앉히고 여러 놈이 좌우로 늘어서서 똥 본 오리처럼 무엇이라고 지껄이매 그 상좌에 기골이 장대하고 용모가 준수한 청인이 흰 수염을 쓰다듬고 앉아서 기쁜 빛이 얼굴에 가득하여 빙글빙글 웃으며 정임을 향해 무슨 말을 묻는 것 같으나, 정임은 말도 알아듣지 못할뿐더러 그때는 놀란 마음 무서운 생각 다 없어지고 단지 악만 바짝 나는 판이라.

"나 도무지 개 같은 오랑캐 소리 몰라."

하고 쇠 끓는 소리를 지르니 그 청인의 옆에 앉았던 한 노인이 반가운 안색으로,

 "여보, 그대가 조선 사람이오그려. 조선말 소리를 들으니 반갑기는 하구면……. 응……. 집이 어디인데 어찌 저 지경을 당하였단 말이오?"

하는 말이 조선말을 듣고 대단히 반갑게 여기는 모양이니, 정임도 역시 위험한 경우를 당한 중에 본국 사람을 만나니 마음에 적이 위로되어,

 "집은 서울인데 만주로 구경 왔다가 불의에 이 변을 만났습니다."

하고 대답하며 그 노인을 자세히 보니, 의복은 청인의 복색을 입었으되 얼굴이든지 목소리가 일호도 틀리시 않고 흡사한 자기 시아버지 김 승지 같으나 김 승지는 태평양으로 떠나갔는지 인도양으로 떠나갔는지 모르는 터에 이곳에 있을 리는 만무한데, 암만 다시 보아도 정녕한 김 승지요, 어려서 볼 때와 조금 다른 것은 살쩍이 허옇게 셀 뿐이라. 심히 의아한 중에 약은 생각이 나서 내가 저 노인의 거동을 좀 보고 만일 우리 시아버지는 아닐지라도 보기에 노인이 주인과 정다운 듯하니 이 곤란한 중에 언턱걸이나 좀 하여 보리라 하고 혼잣말로,

"아이그, 세상에 같은 얼굴도 있지. 저 노인이 영락없이 우리 시아버님 같애."

하며 별안간 좍좍 우니, 노인이 정임이 우는 것을 한참 바라보고 무슨 생각을 하다가,

"여보, 그게 웬 말이오. 내가 누구와 같단 말이오. 그대는 누구의 따님이 되며, 그대의 시아버님은 누구신가요?"

"나는 이 시종 ○○의 딸이요, 우리 시아버님은 김 승지 ○○신데, 시아버님께서 십여 년 전에 초산 군수로 참혹히 돌아가신 후에 다시 뵙지 못하더니, 지금 노인의 용모를 뵈오니 이렇게 죽을 경우를 당한 중에도 감창한 생각이 나서 그리합니다."

노인이 그 말을 듣더니 깜짝 놀라며,

"음, 그리야. 그러면 네가 정임이지?"

하고 묻는데 정임이 그 말 들으니 죽은 줄 알던 시아버지를 의외에 찾았는지라 반가운 마음에 정신이 번쩍 나서,

"이게 웬일이오니까. 신명이 도와 아버님을 뜻밖에 만나 뵈오니 이제는 죽어도 한이 없겠습니다."

하고 일어나 절하며 생각하니, 그제야 정작 설움이 나서 느껴 가며 우는데 김 승지는 눈물을 흘리며,

"네가 이게 웬일이냐, 이게 웬일이냐. 네가 이곳을 오다니. 그러나 영창이 소식을 너는 알겠구나. 대관절 영창이 초산 봉변할 때에 죽지나 아니하였더냐?"

"장황한 말씀은 미처 할 수 없삽고 영창도 이 길에 같이 오다가 이 변을 당하여 그곳에 결박하여 놓은 것을 보고 잡혀 왔는데 그간 어찌되었는지 궁금하기 이를 길 없습니다."

김 승지가 그 말을 듣더니 벌떡 일어나서 안을 향하고,

"마누라, 마누라. 정임이 왔소그려. 영창도 같이 오다가 중로에서 봉변을 당했다는걸."

하는 말에 김 승지 부인이 신을 거꾸로 끌고 허둥지둥 나오며,

"그게 웬 말이오, 그게 웬 말이오. 정임이 오다니, 영창은 어떻게 되었어?"

하고 달려들어 정임이 손목을 잡고 뼈가 녹는 듯이 울며 목멘

소리가 잘 알아들을 수도 없는 말로,

"너는 어찌된 일로 이곳에 왔으며, 영창은 어데쯤서 욕을 본단 말이냐?"

하고 느끼며 묻는 모양은 누가 보든지 눈물 아니 날 사람 없겠더라. 상좌에 앉았던 청인은 정임의 화용월태(花容月態)를 보고 기쁜 마음을 이기지 못하는 모양이더니, 김 승지 내외가 서로 붙들고 울매 그 거동을 보기에 이상하고 궁금하던지 김 승지를 청하여 무슨 말을 묻는데, 김 승지는 그 말대답은 아니하고 정임을 불러 하는 말이,

"저 주공에게 인사하여라. 내가 저 주공의 구원으로 살아나서 저간에 은혜를 많이 받은 터이다."

하며 인사를 시키는지라, 정임은 일어나서 머리를 굽혀 인사하고, 김 승지는 그제야 말대답을 하니 그 대답이 그치매 청인은 무릎을 치며 정임을 향하여 무슨 말을 하는데 그 통변은 김 승지가 한다.

"당신이 김 공의 며느님이 되신다지요. 나는 왕자인이라 하는 사람인데, 당신 시아버님과는 형제같이 지내는 터이오. 그러나 아마 대단히 놀랐지요. 아무 염려 말고 부디 안심하시오. 잠시 놀란 것이야 어떠하리까. 오래 그리던 부모를 만나 뵈니 좀 다행한 일이 되었소."

"각하께오서 돌아가실 부모를 구호하시와 그처럼 친절히 지내신다 하오니 각하의 은혜는 실로 백골난망이오며 이 사람은 부모를 오래 그릴 뿐 아니라, 부모가 각하의 덕택으로 생존해 계신 줄은 모르고 망극한 마음을 죽어 잊지 못하겠삽더니, 오늘 의외에 만나 뵈오매 이제는 아무 한이 없사오니 어찌 잠깐 놀란 것을 교계하오리까?"

정임은 왕씨를 대하여 백배사례하는데 왕씨는 일변 정임이 잡아 오던 도적을 불러 그때 정형을 자세히 조사하더니 곧 영창을 급히 데려오라 하는지라, 그때 정임의 마음에는 '우리 내외가 두수 없이 죽는 판에 천우신조하여 부모를 만나고 화색을 모면하니 이같이 신기할 데는 없으나 영창은 그간 오죽 애를 쓰리.' 하는 생각이 나서 '잠시라도 마음 놓게 하리라.' 하고 명함 한 장을 내어 김 승지를 주며,

"아버님, 영창을 데리러 여러 사람이 몰려가면 필경 또 놀랄 듯하오니 이 명함을 보내는 것이 어떠합니까?"

김 승지가 그 말을 들으매 그럴 듯하여 왕씨와 의논하고 곧 그 명함을 주어 보내고, 정임은 자기 내외의 소경사를 대강 이야기하니, 김 승지 내외는 눈물 씻기를 마지아니하고, 왕씨도 역시 무한히 칭찬하더라.

영창은 삽시간에 혹화를 당하여 정임을 잃고 나무에 동여매

인 채로 꼼짝 못하고 앉았으매, 이 산에서는 여우도 울고 저 산에서는 올빼미도 울며 번쩍번쩍하는 인광은 여기서도 일어나고 저기서도 일어나서, 남한산성 줄불 놓듯 발부리로 식식 지나가니 평시 같으면 무서운 생각도 있으련마는 그것 저것 조금도 두렵지 않고, 단지 바작바작 타는 속이 차라리 죽느니만 같지 못하게 그 밤을 지내더니, 하룻밤이 삼추같이 지나가고 동방에 새벽빛이 나며 먼 수풀에 새소리가 지껄이는데, 언덕 밑으로 어떤 청인 농부 한 사람이 지나가다가 그 광경을 보고 웅얼웅얼 탄식하며 동여매인 것을 끌러 주고 가는지라. 그 농부를 향하여 무수히 사례하고 다시 앉아 생각하니, 정임은 결코 욕보고 살지 아니할 터이요, 두말없이 죽을 사람이라.

그 연유를 관원에게 호소하자 하니, 그 호소가 대단히 묽은 호소가 될 터이요, 그대로 돌아가자 하니 정임은 죽었는데 나는 살아가는 것이 사람의 의리가 아닐 뿐 아니요, 설령 혼자 돌아간다 한들 정임 부모 볼 낯도 없고 장래 신세도 다시 희망할 바 없는지라. 혼잣말로 '허……. 저간에 우리 두 사람이 그러한 천신만고를 지내고 간신히 다시 만난 것이 모두 허사가 되었구나!' 하고 목을 매어 죽을 생각으로 양복 질빵을 끌러 막 나뭇가지에 치켜 걸었다. 이때 별안간 어떤 청인 십여 명이 어젯밤 모양으로 또 달려들어 죽 둘러서는지라, 속마음으로 '저놈들이 또

왔구나. 오냐, 암만 또 와도 이제는 기탄없다. 어젯밤에 재물을 빼앗기고 계집까지 잃었으니, 지금에는 죽이기밖에 더하겠느냐. 이왕 죽을 사람이 죽인대도 두려울 것은 없다마는 너의 손에 우리 내외가 죽는 것이 지극히 통한한다.' 하고 생각할 즈음에, 그중 한 사람이 고두 경례하고 명함 한 장을 내어주며 금안준마(金鞍駿馬)를 앞에 세우고 말에 오르기를 재촉한다.

그 명함은 정임의 명함이요, 명함 뒤에 연필로 두어 자 기록한 말은 '천만 의외에 부모가 이곳에 계시니 기쁜 마음은 꿈인지 생시인지 깨닫지 못하겠사오며, 나도 역시 무사하오니 아무 염려 말고 급히 오시오.' 하였는지라, 그 명함을 받아 보매 반가운 마음에 기가 막혀서, '응……. 부모가 계셔.' 하는 소리가 하는 줄 모르게 절로 나가나 마음을 진정하여 그 사리를 다시 생각하니 한편으로 의심이 나서 '그러할 이치가 만무한 일인데 이게 웬일인고. 만일 이 말이 사실 같으면 희한한 별일이다.' 하고 이리저리 연구하여 보니 다른 염려는 별로 없고, 그 글씨가 정임이 필적이라 반가운 마음이 다시 나서 곧 그 말을 타고 귀에 바람이 나도록 달려가더라.

김 승지 내외와 정임은 영창을 데리러 보내고 오기를 고대하더니 문밖에서 말굽 소리가 나고 영창이 지도자를 따라 들어오는지라. 김 승지 내외는 정신없이 내려가서 영창의 목을 안고 얼굴을 한데 대며 "네가 영창이로구나!"라고 대성통곡하는데, 영창은 명함을 보고 오면서도 반신반의하다가 참 부모가 그곳에 있는지라, 평생에 철천지원(徹天之冤)이 되던 부모를 만나니 비감한 마음이 자연 나서 역시 부모를 붙들고 우니, 정임도 따라 울어 울음 한판이 또 벌어졌더라.

돌아오는 길

이때 주인 왕씨는 즉시 크게 연회를 배설하고 김 승지 가족 일동을 위로하는데, 왕씨가 영창의 손을 잡고 술을 들어 김 승지에게 권하며,

"김 공은 이러한 아들과 저러한 며느리를 두었으니 장래에 무궁한 청복을 받으시겠소."
하는지라 김 승지는 그 말에 대답하는 말이,

"여년(餘年)이 몇 해 아니 남은 터에 복을 받으면 얼마나 받겠습니까마는, 내가 주공의 덕택으로 살아나서 천행으로 저것들을 다시 보니 그것이 신기한 일이지요. 그러나 공께 잠깐 여쭐 말씀은 내가 주공을 모시고 있은 지 십 년에 이 은혜는 태산이 오히려 가벼우니 능히 갚을 길이 없사오며, 그간 깊이 든 정분

은 차마 주공을 이별할 수 없습니다마는, 서로 죽은 줄 알던 저것들을 다시 만나니 다시 헤어질 마음이 없을 뿐 아니라, 내가 늙어 죽을 날을 알지 못하는 터이오니 이번에 저것들과 함께 돌아가서 몇 날이 되든지 부자가 서로 의지하고 살다가 백골을 고국 청산에 묻고자 하오니 존의에 어떠하시오니까?"
하며 눈물을 흘리매 왕씨가 그 말을 듣고 한참 침음하더니,

"사정이 그러하시겠소."

하고 곧 행장을 차려 김 승지와 그 가족을 전송하는데, 친히 십리 장정에 나와 김 승지 손을 잡고,

"김 공은 다행히 자제를 만나서 오래간만에 고국을 돌아가시니 실로 감축할 일이올시다마는, 나는 십 년 친구를 일조에 이별하니 이같이 감창한 일은 다시없소그려."

하며 수대를 열고 금화 일만 원을 내어주며,

"이것이 비록 약소하나 내가 정의를 표하고자 하여 드리는 것이올시다. 행자는 필유신이라 하니 가지고 가다가 노자나 하시오."

"공은 정의로 주신다니 나도 정의로 받아 가지고 가서 노래(老來)에 쇠한 몸을 잘 자양하겠습니다마는, 우리가 모두 늙은 터에 한 번 이별하면 다시 만나기를 기약할 수 없으니 그것이 지극히 비창한 일이올시다그려."

하며 서로 붙들고 울어 차마 놓지 못하다가 김 승지 가족 일동은 모두 왕씨를 향하여 백배 사례하고 떠나니, 왕씨는 섭섭한 마음을 이기지 못하며 보호자를 보내 정거장까지 호송하더라.

영창 내외는 천만의외에 부모를 찾으매 구경을 더할 생각도 없고 여행도 다시 할 필요가 없어, 즉시 부모를 모시고 만주 남행차를 타고 서울로 돌아오며, 차 속에서 영창은 영창이 소경력을 이야기하고, 정임은 정임이 지내던 일을 자세히 말하니 김 승지는 자기 역사를 이야기한다.

"내가 초산서 그 봉변을 당하고 뒤주 속에 들어앉았으니, 늙은이들이 그 지경을 당하여 무슨 정신이 있었겠느냐. 그놈들이 떠메고 나가는지 강물로 떠나가는지 누가 건져 가는지 도무지 몰랐더니, 아마 그 뒤주가 강물로 떠내려가는데, 그때 마침 상마적이 물에 건너와서 노략질을 해 가지고 가다가 그 뒤주를 만나매 그 사람들 눈에는 무엇이든지 모두 재물로 보이는 터이라, 뒤주 속에 무슨 큰 재물이 있는 줄 알았던지 죽을힘을 써서 건져 메고 갔나 보더라.

어느 때나 되었는지 간신히 정신을 차려 보니 평생에 보지 못하던 큰 집 대청에 우리 내외가 같이 누웠고 낯모르는 청인들이 쫙 둘러섰는데, 어리와리하는 생각에 우리가 죽어서 벌써 염라부에 들어왔나 보다 하였더니, 그중 어떤 사람이 지필을 가지고 와서 필담을 하자고 하니, 눈은 침침하여 잘 보이지는 아니하고 손은 떨려 글자도 쓸 수 없으나, 간신히 정신을 수습하여 통정을 하는데, 그 사람이 주인 왕씨더라.

 왕씨는 상마적 괴수인데 비록 도적질은 하나 사람인즉 글이 문장이요, 뜻이 호화하여 훌륭한 풍류남자요, 또 천성이 지극히 인자한 사람이더라. 그런데 그 사람이 나를 어떻게 보았던지 그때로부터 극진히 보호하여 의복 음식과 거처 범백을 모두 자기와 호리가 틀리지 아니하게 대접하며 글도 같이 짓고 술도 같이 먹고 바둑도 같이 두고 어데를 가도 같이 가니, 자연 지기가 상합하여 하루 이틀 지내는데, 너희들이 어찌되었는지 몰라 애가 타서 한시를 견딜 수 없더라.

 통신은 자유로 못하게 하는 고로 이 시종에게 편지도 한 번 못하고 있다가 어느 때인지 기회를 얻어 우체로 편지를 한 번 부쳤더니, 다시는 소식이 없기에 너희들이 모두 죽은 줄 알고 그 후로는 주인도 놓지 않지마는 나도 돌아갈 생각이 적어 그럭저럭 지내니 그 상하는 마음이야 어떠하겠느냐. 그러나 모진 목숨이 억지로 죽지 못하고 두 늙은이가 항상 울고 오늘날까지 부지하더니, 천만 몽매밖에 정임이 그곳에 왔더구나. 정임이 그곳에 온 것은 실로 다행하게 된 일이나, 정임이 그곳에 잡혀 온단 말이 되는 말이냐."

이렇게 이야기할 사이에 탄환같이 빠른 차가 어느 겨를에 벌써 압록강을 건너니 총울한 강산이 모두 보이는 대로 새롭더라.

 이 시종 내외는 정임 부부의 신혼여행을 보내매 그 길이 아무 염려 없는 길이지마는, 두 사람은 천연적 풍파를 많이 만난 사람들이라 하도 여러 번 위험한 겨우를 지낸 터인 고로 어린아해를 물가에 보낸 것같이 근심하다가 회정해 온다는 날이 되니 잠시가 궁금하여 평양까지 내려가서 기다리더니, 그때 정임 내외가 화기가 만면하여 오다가 이 시종 내외를 보고 차에서 내려 인사하는지라. 이 시종은 그 두 사람이 잘 다녀오는 것을 기뻐할 때에 옆에 서 있던 사람이 별안간 손목을 잡으며

 "허……. 자네 오래간만에 만나겠네그려."

하는데 돌아다보니 생각도 아니하였던 김 승지가 왔는지라 마음에 깜짝 놀라서,

 "아, 자네 이게 웬일인가……. 응……. 대관절 어찌된 일인가?"

 "우리가 다시 못 만날 줄 알았더니 서로 죽지 않고 오늘 만난 것이 다행한 일이오. 이 못생긴 목숨이 살아오는 것이 이게 내 복이 아니라 우리 며느리의 덕일세."

하며 반가운 이야기를 하고, 한편에는 이 시종 부인과 김 승지 부인이 서로 붙들고 울더니, 이 시종과 김 승지는 가족들을 데

리고 그 길로 곧 부벽루에 올라가서 그 사이 지내던 역사와 설을 생각하던 정회를 말하며 술잔을 들고 토진간담(吐盡肝膽)하는데, 이때에 아아한 청산과 양양한 유수가 모두 그 술잔 가운데 비치었더라.

애국부인전

_장지연

제1회

화설 오백여 년 전에 구라파주 불란서국 아리안 성 지방에 한 마을이 있었는데, 마을 이름을 동임이라 하였다. 그곳 땅이 궁벽하여 인가가 드물고 농사만 힘쓰는 집뿐이었다. 그중에 한 농부 부부 단 두 식구가 일간 초옥에서 빈한하게 양을 쳐서 생업하였는데, 1412년 정월에 마침 한 딸을 낳으니 용모가 단아하고 천성이 총명하여 그 아이의 이름을 약안이라 했다.

약안은 점점 자라며 부모에게 효순하며 한 번 가르치면 모르는 것이 없으며, 또한 상제를 믿어 성경을 항상 읽으며 학문에 능통하였다. 나이 십삼 세에 이르러 능히 부모가 양치는 생업을 도우니 부모가 이 여아가 극히 영리함을 보고 매우 기뻐하였다.

그 동네 사람들이 약안의 총민함을 아니 칭찬하는 이가 없어 특별히 이름을 정덕이라 부르며 말하기를,

"아깝도다. 정덕이 만약 남자로 생겼다면 반드시 나라를 위하여 큰 사업을 이룰 것이거늘 불행히 여자가 되었다."

약안이 이렇듯이 칭찬함을 듣고 마음에 불평히 여겼다.

"어찌 남자만 나라를 위하여 사업을 하고 여자는 능히 나라를 위하여 사업하지 못할까? 하늘이 남녀를 내심에 이목구비와 사지백태는 다 일반이니 남녀가 평등하거늘, 어찌 이같이 등분이 다르다면, 여자는 왜 태어나는가?"

이런 말로만 보아도 약안이 다른 일에 능히 불란서국을 회복하고 이름이 천추 역사에 혁혁히 빛날 여장부가 아니겠는가?

각설하고, 약안이 하루는 일기가 몹시 더워 불속 같은지라. 양을 먹이다가 더위를 피하려고 양을 놓고 나무 수풀과 시냇물가를 배회하는데, 이때 마침 영국 군병이 불란서국을 침범하여 향촌으로 다니면서 불을 놓아 인민을 겁략하고 재물을 탈취하였다. 약안이 속히 피하여 수풀 사이로 들어가니 인적이 고요하고 다만 옛 절이 있거늘, 그 절 가운데에 숨어서 상제에게 가만히 빌었다.

"원컨대 신력을 빌려 나라의 환란을 구원하고 적국의 원수를 갚게 하옵소서."

이때 영국 군병은 벌써 가고 촌려가 안정하거늘 약안이 그 절로 나와 길을 찾던 중, 그 절 뒤에 한 화원이 있는데, 화류는 꽃다움을 다투고 꾀꼬리는 풍경을 희롱하는지라, 약안이 경개를 사랑하여 화원 중에 들어가 이리저리 구경하였다. 이때 홀연 어디서 약안을 부르는 소리가 들렸다.

"약안아 네가 너무 한흥을 타 방탕히 놀지 마라."

약안이 깜짝 놀라 사면을 살펴보았으나 사람의 그림자도 없었다. 정히 의심하여 머리를 들어 보니 홀연 공중에 황금빛이 찬란하며 채색 기운이 영롱한데, 구름 속에 무수한 천신이 공중에 둘러서고, 그중에 세 분 천신이 와서 옥관 홍포로 기상에 엄숙한데 약안을 크게 불러 말하였다.

"불란서국에 장차 큰 난이 있을지라. 네가 마땅히 구원하라."

약안이 다시 천신의 앞에 엎드려 말하였다.

"소녀는 본래 촌가 여자라, 어찌하여야 군사를 얻어 전장에 나아가게 되오며, 또한 불란서국의 난을 어느 날 평정하오리까. 소녀의 지원이 백성을 위하여 재앙을 구제하고 나라의 원수를 갚아 주권을 회복코자 하오니 바라건대 상제께서 일일이 지시하시어 도와주옵소서."

천신이 다시 말하였다.

"너는 근심치 말라, 이다음에 자연히 알 날이 있을 것이니 그

때가 되거든 라비로 장군 휘하로 들어가면 좋은 기회가 생길 것이니라."

하고 말을 마치며 별안간에 금광이 어른하며 곧 보이지 않았다.

당시 불란서국은 영국과 해마다 싸움을 쉬지 않아 궁벽한 농부라도 영국의 원수 됨을 다 알고 있었다. 약안이 어려서부터 부모가 항상 이르는 말을 듣고 심중으로 또한 나라의 부끄러움을 씻고자 하여 날마다 상제에게 가만히 축원하기를,

"장래에 나라를 위하여 원수를 갚고 백성을 구제하게 하옵소서."

하였다. 이렇게 칠팔 년을 한마음으로 비는 고로 그 정성이 하늘에 미쳐, 천신이 감동하여 약안의 눈에 나타난 것이었다.

약안이 황홀하여 속으로 생각하기를 이것이 꿈인가 하더니 그 후에도 여러 차례 천신이 눈에 완연히 보이고, 이처럼 부탁이 간절하기에 약안은,

'천신께서 저렇게 누누이 분부하시니 필연 나라에 큰 난이 있을 것이요, 내 마땅히 구하리라.'

하고 생각하였다. 이로부터 약안은 나라 원수 갚기를 스스로 책임지고 군기도 연습하고, 혹 목장에 나가 말도 달리며 총과 활도 배우니 부모는 여아의 이러한 거동을 보고 심히 근심, 염려하며 매양 금지시켰으나 약안의 뜻이 굳어 아무리 말려도 듣지

않을 것을 짐작하고 어찌할 수 없이 그대로 두었다. 그 동네 사람들은 모두 약안을 미친 여자라 지목하였지만 그녀는 추호도 뜻을 변하지 않고 오히려 동네 사람들에게 이르되,

"내 상제의 명을 받아 나라를 구하리라."

고 하니 듣는 사람들이 허연히 웃고 이상하게 생각하였다.

오늘 문무 재주를 배움은 정히 다른 때에 국민의 난을 구제코자 함이었다.

제2회

차설하고, 이때 불란서국과 좁은 바닷물 하나를 격하여 이웃한 나라는 영국이었다. 이 두 나라가 백 년 이래로 원수가 되어 날마다 싸움을 일삼았다. 1338년부터 영국의 왕 의덕화 제3세가 불란서 국왕 비립 제6세와 더불어 격렬서에서 싸움을 한 후 1356년에 영국 흑태자가 불란서국과 파이다에서 크게 싸워 불란서 국왕 샤이 제4세를 사로잡고, 그 사오 년 후에 불란서국 샤이 제5세가 영국과 싸우다가 패하여 영토를 떼어 주고 배상을 물어 준 후에 잠시 화친하였다.

이때 불란서국은 정부에 두 당파가 있었는데, 하나는 애만랍

당으로 왕실을 보전코자 하였고, 다른 하나는 불이간당으로 영국과 내통하여 불란서국을 해롭게 하니 이 두 당파가 서로 내란을 일으키고 있었다. 영국의 현리왕 제5세가 이 기회를 틈타 불란서국과 싸워 불란서국 군사가 대패하였다. 1417년에 또 영국왕이 불란서국을 대파하고 약조를 정하되 불란서 국왕의 딸 가타린을 영국 현리왕 제5세의 왕비로 삼아 불란서 국왕을 겸하게 하고 파리 성에 들어가 불란서국 샤이왕 제6세를 폐하고 불란서국을 다스렸다. 이때 불란서국 북방의 모든 고을은 다 영국에 복종하였으나 오직 남방의 여러 성들이 영국에 항복하지 않고 불란서국 태자 샤이 제7세를 내세워 영국에 항거하였다.

1428년에 영국이 또 큰 군사를 일으켜 불란서국 남방을 소탕하고자 하여 영국 해협 지방으로부터 불란서국 국경까지 수백 리에 정기가 공중에 덮이고 칼과 창은 일월을 희롱할 정도였다. 수륙으로 일시에 들어오며 라아로 강을 건너 국경 지방을 공격하였으나 이때 불란서 국왕은 남방으로 도망하고 불란서국 서울 파리 성과 그 남은 성은 다 영국의 땅이 되었다.

불란서국이 아무리 수만 정병을 징벌하여 영국과 싸웠으나, 군사의 용맹과 무예의 날램이 영국 군사를 당하지 못하였고, 장수들도 영국처럼 지용을 겸비한 사람이 없을 뿐만 아니라 불란서국의 정부 대관들은 대부분 다 영국의 지휘를 받음으로 불란서 국왕이 남방으로 피하여 몸을 숨길 곳이 없으니 불란서국 군사들은 싸울 뜻이 없고 각자 도망하여 전국이 거의 영국 영토가 될 지경이었고, 전국 인민이 다 개돼지와 같은 외국의 노예가 되는 것이 부끄러운 줄도 모르고 하루라도 구차하게나마 목숨을 보전하는 것만을 다행으로 알았다. 그러니 만일 남방만 아니었다면 불란서국의 이름이 어찌 오늘까지 전하겠는가.

이때 오직 남방의 몇몇 고을이 남아 불란서 국왕을 보호하니, 그곳의 유명한 성 이름은 아리안 성이었다. 그 성은 라아로 강의 북쪽에 위치하여 남방의 머리가 되고 제일 험한 성이었다. 강 북쪽 언덕에 있기에 남쪽 언덕과 중간에 큰 다리를 놓고 서로 항상 왕래하였는데 다리 남쪽은 허다한 성곽과 포대를 쌓고 다리를 막아 적병을 방비하니 그 다리 이름은 교두보였다.

그 다리 위에는 두 개의 석탑이 있었는데 이름은 지미로였다. 북쪽에서부터 탑까지 이르는 데 모두 흙과 돌로 쌓아 극히 견고하고 험하며 또 탑의 남쪽에 나무다리를 놓아 각처에 왕래하니 교두보와 지미로 두 곳에 엄중한 군사를 두어 적병을 방비하므로 아리안 성은 이러한 험한 성책을 믿고 죽을힘을 다하여 지키고 있었다.

이때 영국 대장 사비리가 아리안 성의 험함을 보고 한 계략을 꾸미되 이 성은 급히 함락할 수 없으니 각처의 군사들을 모두 모아 힘을 합하여 먼저 지미로 성을 공격하는 것이 좋겠다 하여 모든 장수들을 불러 일제히 지미로를 포위하라 하였다. 이 해 시월 이십삼일에 계교를 내어 밤중에 지미로 성을 공격, 함락시킨 뒤, 그 탑 위에 대포를 걸고 성 아래에 있는 인민의 집을 무수히 불태우며 험한 곳을 영국 군사들이 점령하여 아리안을 공격하였으나, 성 안에 있는 불란서국 군사들은 죽기로 지키어, 영국 군사들은 끝내 함락시키지 못하고 오히려 영국군의 대장 사비리가 화살에 맞아 죽었다.

영국이 대사 새가로 장군을 대장으로 삼아 주야로 공격하여 수개월을 지냈으나 함락시키지 못하고 장구히 포위하여 구원을 끊고, 성 안의 군사들이 먹지 못하면 자연 항복할 것으로 알고 성 밖에 흙을 쌓아 높은 산을 성과 같이 하고 여섯 곳 봉우리 위에 대포를 걸고 날마다 공격하니 이때가 1429년이었다.

아리안 성을 물샐 틈 없게 포위하고 나는 새도 통과하지 못하게 하니 다른 곳에 있는 군사가 와서 구원하고자 하여도 능히 들어올 수가 없었다. 이때 아리안 근처에 사는 용감한 장사들이 수천 명 용사를 뽑아 아리안 성을 구원하고자 하였다가 오히려 영국 군사들에게 패하여 많은 무기와 식량만 빼앗기고 말았다. 이른바 계란으로 돌을 치는 것과 같이 영국 군사들을 당해 낼 수가 없었다. 성 안에 있는 군사들이 모두 의기가 떨어지고 형세가 날로 나빠지니 그 곤란을 어찌 다 말하겠는가.

혹은 말하되 차라리 일찍이 항복하여 성안에 있는 모든 생명이나 구하는 것이 옳다고 하였고, 혹은 차라리 죽을지언정 어찌 항복을 하겠는가 하였으나 오히려 항복하자는 편이 많았다. 그러나 성안의 불란서국 대장 비호로 공작은 원래 이름이 있는 사람이었기에, 군사들은 항복하고자 하는 말을 크게 논박하지 못하고 죽기로 지키자고만 했다. 슬프다. 이때 아리안 성은 도마 위의 살점이요, 가마 안의 고기같이 어찌 위태롭지 않겠는가?

옛적 우리나라 고구려 시대에 당태종의 백만 군병을 안시성 태수 양만춘이 능히 항거하여 백여 일을 굳게 지키다가 마침내 당나라 군사를 물리치고 평양성을 보전하였으며, 고려 강감찬은 수천 명으로 거란 소손녕의 삼십만 군사를 물리치고 송도를 보전하였으니 알 수 없도다. 불란서국은 이때에 양만춘, 을지문덕, 강감찬 같은 충의영웅이 누가 있었는가?

정히 이 처량한 빛만 눈에 가득하거늘 중추지주에 의기인이 누가 있는가?

제3회

차설하고, 이때 약안의 나이 십칠 세였다. 화용월태를 규중에 길러 봉용한 태도와 선연한 풍채는 필시 경성경국의 미인이었다. 이때 불란서국 수도의 함몰과 국왕의 피난 소문이 사방에 퍼져 비록 아동, 부녀라도 모르는 이가 없었다. 약안이 주야로 탄식하며 이르기를,

"우리나라가 저 모양이 되었으니 어찌하면 좋을꼬."

하였다. 종일토록 집에 앉아 나라를 회복할 계교를 생각하다가 불란서국의 지도를 내어놓고 자세히 살피던 중, 문득 들으니 문밖에 천병만마가 헌화하는 소리가 벽력같이 진동하면서 마을 사람이 우는 소리가 사방에 요란하였다.

약안이 놀라 급히 나가 본즉 영국 군사들이 규율 없이 사방에 횡행하며 재물을 빼앗고 부녀를 겁간하여 인명을 살해하고 있었다. 약안은 그 잔혹한 참상을 보고 더욱 분하여 심중에 복수할 생각이 더욱 간절하였으나, 어찌할 수 없이 급히 들어와 약간의 의복 등속을 거두어 행장을 단속하고 군기 등물을 몸에 가지고 부모를 보호하여 말에 태우고는 후면으로 달아나 요고측이란 마을로 피하였다. 여러 날이 지나자 이러한 성의 화급한 소식이 날마다 들리는지라 약안이 발연히 일어나 칼을 어루만

지며 말했다.

"때가 왔도다. 때가 왔도다. 내가 나라를 구하지 못하고 다시 누구를 기다리겠는가?"

즉시 부모 앞에 나아가 말하였다.

"오늘부터 저는 부친과 모친을 하직하고 문밖에 나가 큰 사업을 세우고자 합니다. 혹 요행으로 우리 국민 동포의 환란을 구제하고 우리나라 독립을 보전할는지는 알 수 없습니다."

부모가 이 말을 듣고 크게 노하며 말하였다.

"네가 광풍이 들렸느냐. 네가 규중에 성장한 여자로서 어찌 전장에 나아가 칼과 총을 쓰겠느냐. 만일 그렇게 쉬운 것이라면 허다한 남자들이 벌써 하였지 어찌 너 같은 아녀자에게 맡기겠느냐. 우리의 바람은 네가 슬하에 있어 늙은 부모를 받드는 것이지 전장에 나가 공업을 이루기를 원하지 않는다. 만약 불행하면 남에게 욕을 당할 뿐만 아니라 우리 집 조상 대대로 들은 덕행을 더럽힐 것이요, 또한 우리 부부가 다른 혈육이 없고 슬하에 다만 너 하나뿐이거늘 네가 집을 떠나면 늙은 부모는 누가 봉양하겠느냐. 너는 효순한 자식이 될 것이지 호걸 여자가 되지는 마라."

이 말을 듣고 약안은 눈물을 머금으며 슬프게 말하였다.

"부모님은 사방을 둘러보옵소서. 저의 마음은 벌써 확실하게 정하였으니, 다만 국가와 동포를 안녕히 보전할 것 같으면 이 몸이 만 번 죽어도 한이 없으며, 하물며 이 일은 한 집안의 사정이 아니라 백성된 공적인 사정입니다. 제 몸은 비록 여자이오나 어찌 불란서국의 백성이 아니겠습니까? 국민된 책임을 다하여야 바야흐로 국민이라 이를 수 있을 것이니 어찌 나라의 난을 당하여 가만히 앉아 보고 구하지 않겠습니까? 저는 오늘 정한 마음을 돌이키기 어렵사오니 기어코 가고자 하는 것입니다."

약안의 아버지는 약안의 이러한 충간 열혈이 솟아나는 말을 듣고는 자연 감동도 되고 또한 만류하여도 듣지 않을 줄 짐작하고 다시 일렀다.

"너는 여자로서 애국하는 의리를 알거든 남자된 자야 어찌 부끄럽지 않겠느냐. 네 아비는 나이가 이미 늙어 세상에 쓸 데가 없으니 너는 마음대로 하거라."

약안이 부친의 허락하심을 보고 눈물을 거두어 의복과 무기를 갖추어 행장을 수습하고 부모 앞에 하직하면서 두 눈에 구슬 같은 눈물을 흘리며 말하였다.

"제가 이번에 가면 다시 부모님을 뵈올 날이 있을는지 모르거니와 부모님께서는 저를 죽은 줄로 아시고 추호도 생각지 마시고 다만 몸을 보전하옵소서."

부모가 다시 말하였다.

"약안아, 너는 부모는 염려 말고 앞길을 보증하거라."

이날 약안이 부모에게 하직하고 문밖에 나와서 돌아보지도 않고 길을 떠나, 보고유 지방을 향하여 포다리고 장군을 찾아갔다. 약안의 부모는 약안을 이별하고 두 줄 눈물이 비 오듯 하며 거리에 비켜서서 이윽히 바라보다가 약안의 모습이 보이지 않음을 기다려 방에 들어와 슬피 통곡하니 그 정상은 차마 볼 수 없는 것이었다.

정히 이 노인은 다만 집을 보전할 뜻만 있었지만 어린 여자는 깊이 나라 원수 갚을 마음을 품었도다.

제4회

각설하고, 아리안 성은 불란서국의 명맥과 같은 중요한 땅이기 때문에 그 성을 한 번 잃게 되면 불란서국의 종사가 멸망할 뿐만 아니라 전 인민이 다 소, 말과 같은 노예가 되는 것이었다. 이때 영국의 군사들은 철통같이 포위하고 주야로 공격하니 대포 소리는 원근에 진동하였다.

그 성 북쪽에 또 한 성이 있으니 이름은 보고유 성이었다. 불란서국 장군 포다리고가 그 성을 지키고 있었으나 수하에 장수들이 없고 군사가 적어 아리안 성의 위급함을 알고도 능히 구하지 못하고 또한 영국 군사들이 본 성을 칠까 두려워 속수무책으로 주야에 근심하였다. 하루는 답답하고 민망하여 성 위에 올라 턱을 고이고 가만히 생각하되,

'우리 불란서국이 망할 지경에 이르렀건만 내 아무리 충의심장이 있으며 용맹수단이 있으나 나라를 위하여 큰 난을 구하지 못하니 생불여사라.'

하고 두어 소리 긴 한숨으로 난간에 배회하다가 홀연 다시 일어나 크게 소리 질러 가로되,

"옛말에 모진 바람이 굳센 풀을 알고, 혼란한 시절에 충신을 안다 하니, 묻노라 불란서국이 오늘날 굳센 풀과 충신이 누가 있는가."

하며 정히 탄식을 지었다.

그러다가 우연히 바라보니 어떤 한 부인이 편편히 오거늘 장군이 생각하되,

'이상하다. 이러한 난중에 웬 부녀가 홀로 오는고. 이는 필연 아리안 성이 함락되어 도망하여 오는 자인가.'

하며 의심하였다.

그 여자가 점점 가까이 오거늘 자세히 살피니 얼굴이 옥 같고 의기가 양양하며, 비록 의복은 남루하나 늠름한 위의는 여장부

의 풍채였다. 그 여자가 즉시 장군의 휘하에 들어와 절하고 여쭈었다.

"저는 일개 향촌 여자요, 이름은 약안이라 하는데, 불란서국의 난을 구원코자 왔습니다."

장군이 이 말을 듣고 크게 놀라 생각하되 반드시 광병 들린 여자로다. 내 마땅히 시험해 보리라 하고 전후사를 낱낱이 질문하자 그 여자가 다시 말했다.

"제가 천신의 지시함을 입사와 불란서국의 위급함을 구하고자 하오니 바라건대 장군께서는 의심치 마십시오."

장군이 그 행동을 살피고 언어 수작함을 본즉, 단정한 여자요, 광병 들린 여인은 아니었다. 그제야 마음을 놓고 구제할 방법을 물은즉, 약안이 힘을 주어 대답하였다.

"제가 수년 전에 천신이 나타나심을 입사와 제게 부탁하시기를 불란서국에 대란이 있을 것이니 네가 마땅히 구원하거라 하심으로, 그로부터 마음과 뜻을 정하고 무예를 배웠더니 오늘날 나라가 위급하고 백성들이 노예가 될 지경에 이른 고로 죽기를 무릅쓰고 와서 장군을 뵈옵는 것입니다. 다른 뜻은 없사오니 바라건대 장군은 굽어 생각하시와 일대 병마를 빌려 주시면 제가 비록 재주와 용략은 없사오나 충성을 다하여 아리안 성의 포위를 풀고 적군을 소탕한 후 고국을 회복하고 저의 뜻을 완전히 하오면 죽어도 한이 없겠습니다."

그녀의 말에는 뜨거운 핏기운이 얼굴에 나타나며 정신이 발발하여 열사의 풍신이 족히 사람을 감동케 하였다. 장군과 좌우의 장수들이 모두 그 여자의 말을 듣고 십분 공경하여 자리를 내어 앉히고 감히 여자로 대하지 못하였다. 장군이 드디어 국사를 의논하여 물었다.

"낭자가 비록 담이 크고 지식이 많다 하나 원래 양을 치던 농가 출신이기에 한 번도 전장의 경험이 없으니 어찌 능히 영국 군사들과 싸우겠는가. 하물며 영국 군사들은 개개인이 날래고 용감하여 우리나라에서는 몇 번 대군을 내어 싸우다가 전군이 함몰하였으니 낭자가 무슨 계책이 있는가?"

"제게 무슨 기이한 계교가 있겠습니까. 다만 천신의 지휘하심인즉 자연의 도우심이 있을지도 알 수 없고, 또한 천신의 도우심만 믿을 것이 아니라 오직 일전 열심만 믿고 우리 국민된 의무를 극진히 하여 불란서국의 인민됨이 부끄럽지 않게 할 따름입니다. 설혹 대사를 이루지 못하여도 천명에 맡길 것이니 어찌 성패를 미리 알 수 있으며, 또한 용병하는 법은 원래 기틀을 따라 임시변통할 뿐이지 미리 정할 수가 있겠습니까?"

장군이 고개를 끄덕이며 다시 말했다.

"낭자의 말씀이 옳도다. 우리나라 백성들이 낱낱이 다 낭자와 같이 국민의 의리를 안다면 어찌 오늘 이 지경에 이르렀겠는가. 그러나 내 수하에 군사들이 얼마 되지 않고, 또한 이곳도 중요한 곳이기에 성을 비우고 보낼 수는 없는즉, 우선 몇 백 명만 줄 것이니 낭자는 영솔하고 여기서 수십 리만 가면 시룡촌이라 하는 동네가 있는데, 그 동네에 우리 불란서 국왕 샤이 제7세 폐하께서 주찰하셨으니 나의 공문을 가지고 가 뵈오면 자연 군사를 얻을 도리가 있을 것이다."

장군이 즉시 군사 일중대를 점검하여 주자 약안이 백배 감사하고 공문을 얻어 품에 품고 장군을 하직한 후 군사들을 영솔하고 시룡촌을 향하여 나아갔다.

정히 이 장군은 한갓 성을 지킬 꾀만 있었지만 여자는 다만 온 나라를 다 구할 공을 이루고자 하였다.

제5회

각설하고, 1429년 4월에 약안이 갑주와 백마 은창으로 일개 중대를 거느리고 수십 리를 가다가 시룡촌에 당도하여 국왕 전에 뵈옵기를 청하였다. 이때 불란서 국왕 샤이 제7세는 벌써 들은즉 어떠한 영웅 여자가 군사를 일으켜 나라를 구한다 하므로 십분 기뻐하였다.

  이날 그 여자가 뵈옵기를 청하자 왕은 그 여자가 천신을 친탁한다는 말을 듣고 혹 요괴한 술법으로 세상을 속이는가 의심하여 글 진위를 알고자 하여 의복을 벗어 다른 신하를 입히고 왕의 상좌에 앉혀 거짓 왕을 꾸미고 자신은 신하의 복장으로 제신의 반열에 섞여 분별하지 못하게 하고 약안을 불러들였다. 약안은 들어오다가 정당 위에 앉은 거짓 왕에게는 가지 않고 곧 제신들이 있는 반열에 들어가 진짜 국왕을 보고 재배하자 왕은 거짓으로 놀라는 체하며,

  "낭자가 잘못 알았다."

하며 당상을 가리켜,

  "저 위에 용포를 입고 앉은 국왕 폐하께 뵈오라, 나는 왕이 아니다."

하자, 약안이 엎드려 여쭈었다.

  "천한 여자가 감히 천신의 명을 받자와 왔사오니 아무리 폐하께서 의복을 변장하였다고 하더라도 어찌 모르겠습니까?"

  왕은 그제야 약안의 성명과 거처를 묻고는 그 뜻을 알고자 하였다.

  "천한 여자는 동임 농가의 여자이온데 이름은 약안이라 하고, 나이는 십구 세요, 어려서부터 천신의 명을 받아 불란서국의 재

앙을 구원하여 대왕을 위하여 적국을 소탕하고 리목 땅을 회복하고 폐하를 받들어 가면의례를 행하고자 하옵니다."

이어서 약안은 포다리고 장군의 공문을 올렸다. 왕이 그제야 진심인 줄로 알고 약안의 손을 잡고 말하였다.

"불란서국 사람들이 모두 낭자와 같다면 어찌 회복하기를 근심하겠는가."

하고 찬탄하였다. 원래 불란서국의 법에 왕이 즉위하면 반드시 가면의례를 행하되 역대로 즉위할 때마다 리목 땅에서 행하였으나, 이때에는 그 땅을 영국에게 빼앗겨 왕이 가면의례를 행하지 못하였다. 약안이 이를 고하자 좌우 대신들이 서로 말하되,

"상제께서 불란서국을 위하여 이 여자를 보내어 나라를 중흥케 하는구나."

하였다.

일찍이 불란서국 샤이왕 제7세가 남방으로 피신하여 각처에 패한 군사를 거두니 대략 삼천여 명이었다. 이날 왕은 그 패병 삼천 명을 약안의 휘하에 주고, 약안을 대원수 여장군으로 삼고는 황금 갑주와 비단 국기와 또 몸기 하나를 주시니, 그 몸기에는 천주의 화상을 그리어 늘 진중에 들 때마다 손에 드는 기였다. 약안이 원융의 단에 올라 황금 갑주와 백은포를 입고 오른손에 장검을 들고 왼손에 몸기를 잡아 엄연히 대장기 아래에 앉

으니, 그 기에 황금 대자로 '대불란서국 대원수 여장군 약안'이라 새겼다.

원수가 비록 연약한 여자의 몸이나 무기와 융장을 단속하고 장단에 높이 오르니 그 위엄이 엄숙하고 풍채가 늠름하여 진실로 여장부의 품신이 있었다. 이날 제장수와 군사들을 불러 일제히 점검하고 무기를 조련하니 군사가 다 원수의 신통한 도략에 복종하여 용맹은 백배나 떨치니 보는 사람마다 책책 칭찬을 아니하는 사람이 없었다.

정히 원융은 본시 나라를 평안히 할 뜻이 간절하고 제장은 깊이 나라를 사랑하는 맘이 가득하도다.

제6회

각설하고, 이때 불란서국은 아직 중고 시대라 사람마다 천신을 숭상하고 종교에 깊이 빠지니 이는 미개한 시대에 예사로운 것이었다. 약안의 이름이 세상에 진동하여 아동과 미천한 병사들도 모르는 사람이 없어 혹은 말하기를 천신이 세상에 내려와 불란서국을 구한다 했으며, 혹은 말하기를 요괴한 마귀가 사술로 사람을 유혹한다는 등 종종 의논이 사방에 분분하였다. 원수는 인심이 이러함을 알고 불가불의로 인심을 격발하고 분분한 논란을 바르게 하리라 하여 일장 격문을 지어 동구 대도에 게시하고 각 지방에 전파하니 그 격문은 이러하였다.

슬프다, 불란서국이 불행하여 종사가 엎어지고 백성이 흩어지며 도성이 함몰하고 인군이 피란 가시니 진실로 우리나라 백성이 와신상담할 때이다. 나는 어려서 상제의 명을 받들고 충의의 마음을 품어 감히 의병을 모집하여 고국을 회복하고 강한 적국의 원수를 씻으며 동포의 환란을 구원코자 하노니 모든 우리 불란서국의 인민들은 다 애국하는 의무를 담당하고 마땅히 도적을 물리칠 정신을 떨쳐 소문을 듣고 흥기하며 격문을 보고 소리를 응하여 미친 물결을 만류하고 거룩한 사업을 이룰지어다.
슬프다 우리 동포여.

이때 각처에서 인민 남녀들이 격문을 보고 애국의 사상을 분발하여 통곡하는 사람이 많아 약안 원수 한 번 보기를 천신같이 원하였다. 약안 원수는 이 말을 듣고 심중에 기뻐하여 또 한 방책을 생각하되 오늘날 인심이 저렇듯이 분발하니 우리나라가 회복할 기틀이 있을까 하나, 다만 세상 사람의 심장을 측량치 못하니 인심이 늘 이해 세력에 쏠려 나라가 욕될 줄 모르고 적국에 항복하여 버리는 자가 많으니, 내 마땅히 오늘 군사 위임을 떨치고 날랜 기운이 성할 시기를 타서 한바탕 연설로 인심도 고동하고 군사의 충의도 격발케 하며, 일변으로는 국민된 자로 하여금 염치를 알고 외인의 노예됨을 부끄러운 줄 알게 하며, 또한 적국으로 하여금 우리 불란서국도 인물이 있어 남의 개와 돼지처럼 보지 않게 하리라 하고, 즉시 군정관을 불러 각처에 방을 붙이게 하여 사방에 통지하되, 금년 오월 초경에 시룡촌 밖에 나아가 일장 연설회를 열 것이라 하였다. 이 군령이 내려지자 소문이 전파하여 각 도 각 군에서 남녀노소는 물론 성군결대하여 약안 원수의 연설을 듣고자 하였다.

이때 영국에 항복한 불란서국 장관이며 각 지방 관찰사와 군수와 일반 관원들을 다 전과 같이 그대로 두고 한 사람도 바꾸지 않았기에 이들은 영국의 명령을 받아 정탐 노릇을 하였는데, 홀연 비상한 여장군이 나서 기묘한 일과 신통한 술법이 있다 하므로 모두 위원 하나씩을 비밀리에 파송하여 그 거동을 살폈다.

또 영국 군중에서도 벌써 약안 원수의 이 같은 신기한 소문을 들었을 것이나 다만 아리안 성을 굳게 지켜 속히 빼앗지 못하므로 각처에 있는 군사를 일제히 모아 아리안을 협력 공격하였다. 따라서 다른 곳에 신경을 쓸 겨를이 없었으며, 또한 약안 원수는 일개 여자라 조금도 유의치 아니하므로 약안 원수의 행동을 자유로 두어 방비하지 않은 까닭에 약 원수는 그 기틀을 얻어 필경 대공을 이룰 수 있었으니 어찌 하늘의 뜻이라 아니하겠는가. 정히 이 창자에 가득한 더운 피가 눈물을 이루거늘 한 폭 산하를 차마 남에게 부치랴.

제7회

차설하고, 이때 연설할 기한이 이르자 약 원수가 군사를 불러 연설장에 나아가 연설장을 정돈하니 그 연설장은 십분 광활하여 가히 수십만 명을 수용할 수 있었고, 또한 연설대는 그 중간에 있는데 자연으로 된 조그마한 언덕으로, 그 언덕 위에는 나무 수풀이 있어 푸른 가지는 하늘을 덮었고, 무르녹은 그늘은 일광을 가리고 있어 사방에서 관망하기도 좋으며 또한 이때는 오월이라 정히 노는 사람에 합당하므로 방청하는 남녀노소가 원근을 불게 하고 인산인해를 이루어 십 리 인근에 사람의 성을 이루었다.

이날 상오 열 시에 이르러 약안 원수가 연설대에 오르니 남녀 인민의 분잡함과 헌화하는 소리는 정히 번괄할 즈음에 홀연 방포 일성에 여러 귀를 깨어 장중이 정숙한데, 국기를 높이 달고 일개 미인이 머리에 계화관을 쓰고 몸에 백금포를 입고 손에 몸기를 두르며 붉은 비단이 땅에 끌리고 비단 요대는 남풍에 표불하니 완연히 보름달 빛과 구슬 광채같이 찬란하게 연설장 안으로 쏘여 오는 것 같았다. 온 장중의 수십만 사람의 두 눈빛을 모두 모아서 한 사람의 몸뚱이 위에 물 대듯 하며 모두 말하기를,

"저 여장군이 참 전일 소문과 같이 신기하고 이상한 여자로다. 평일에 꽃다운 이름을 여러 번 익히 듣고 한 번 보기를 소원했더니 오늘에야 그 아름다운 용모를 보니 참 천상의 사람이구나. 어찌 저러한 사람이 또 있으리오. 우리가 자꾸 연하여 공경할 마음이 생기는도다."

하였다. 일제히 장중이 정숙하고 천상 귀를 기울여 연설 듣기를 재촉하였다. 이때 약 원수가 몸기를 두르며 한 점 앵두 같은 입술을 열고 세 치 연꽃 같은 혀를 흔들어 옥을 깨뜨리는 소리로 공중을 향하여 창자에 가득한 열심하는 피를 토하며 연설을 시작하였다.

"우리 불란서국의 동포 국민된 유지하신 제군들은 조금 생각하여 보시오. 우리나라가 어떻게 위태하고 쇠약한 지경이며 오늘날 무슨 토지가 있어 불란서국의 땅이라 하겠소. 북방 모든 고을은 이미 다 영국에게 빼앗긴 바 아니요, 남방에 있는 고을

은 다만 한낱 아리안 성을 의지하지 아니하였소. 이 한 성도 불구에 함몰될 지경에 이르렀으니 만일 이 성을 곧 잃으면 불란서국의 종사가 전부 멸망하는 날이 아니오.

다 알으시오. 대저 천하 만고에 가장 천하고 부끄럽고 욕되는 것은 남의 노예가 아니겠소. 국가가 한 번 망하면 인민이 다 노예가 될 것이요, 한 번 노예가 되면 일평생을 남에게 구박과 압제를 입어 영원히 하늘을 볼 날이 없지 않소. 심지어 재물과 산업도 필경 남에게 빼앗긴 바가 될 것이요, 조상의 분묘도 남에게 파냄이 될 것이요, 나의 처자도 남에게 음욕을 당할 것이오.

애급 나라를 보았소. 옛날에 유대국 사람을 어떻게 참혹하게 대접하였소. 이것이 다 우리의 거울이 아니오. 저러한 사정이 다 유대국 사기에 자세히 있지 아니하오.

우리나라도 비록 이 지경이 되었으나 여러 동포가 동심협력하여 발분진기하면 오히려 일맥 성기가 있겠거늘 만일 인민이 다 노예가 되고 토지를 다 빼앗길 때를 기다려 그제야 회복을 도모코자 하면 그때는 후회한들 할 수 없을게요. 그런고로 오늘날 내가 요긴한 문제 하나가 있어 여러분에게 질문코자 하오.

여러분들은 자유 인민이 되기를 원하오. 그렇지 않으면 천하고 염치없는 남의 노예가 되기를 원하오."

이 말에 이르러서는 온 장중이 모두 괴괴하면서 머리털이 하

늘을 가리키고 눈빛이 횃불 같으며 다 소리를 질러,

"결단코 아니하겠소. 결단코 아니하겠소. 우리들이 어찌 외인의 노예가 되리오. 차라리 죽을지언정 노예는 아니 되겠소."
하는 소리가 만장일치로 떠들었다. 약 원수는 인심이 저렇듯이 감동되어 모두 열성이 솟아남을 보고 연단을 크게 치며 소리를 질러 다시 연설을 계속하였다.

"동포 제군께서 이미 노예되는 것이 부끄러운 욕이 되는 줄 알았으니, 이렇듯 좋은 일이 없소. 그러나 다만 부끄러운 욕이 되는 줄로 알기만 하고 이를 떨칠 생각이 없으면 모르는 사람과 일반이 아니오. 대범 세계상에 어떤 나라 사람이든지 진실로 인민된 책임을 다하여야 당연한 의무가 아니오. 그런고로 나라의 원수와 부끄러움이 있으면 이는 곧 나라 백성의 원수요 부끄러움이 아니겠소. 또한 온 나라 사람이 함께 보복할 일이 아니오.

이러므로 유명한 정치가의 말이 모든 국민된 자는 사람 사람이 모두 군사될 의무가 있다 하니 그 말이 무슨 말이오. 사람이 생겨 국민이 되면 사람마다 주권에 복종하며 사람마다 군사가 되어 나라를 갚는 것이 당연한 일이 아니오. 이것은 자기의 몸과 힘으로 자기의 생명과 재산을 보호함과 일반이오. 그런고로 나라의 부끄러움과 욕을 씻는 것은 곧 자기 일신의 부끄러움과 욕을 씻는 것과 일반이오. 이것은 우리 국민된 자가 사람 사람이 다 마땅히 알 도리가 아니겠소.

또한 오늘날 이러한 시국을 당하여 어떠한 영웅호걸에게 이러한 책임을 맡겨 두고 우리는 일신을 편히 있기만 생각하고 마음이 재가 되며 뜻이 식어 슬피 탄식만 하고 나라가 위태하고 망하는 것만 한탄한들 무엇에 유익하며 무슨 난을 구하겠소. 또한 그렇지 않고 보면 어떤 사람은 염치를 잃고 욕을 참으며 부끄러움을 무릅쓰고 적국에 항복하여 외인의 개와 돼지가 됨을 달게 여기니 이러한 통분할 일이 또 있소.

대저 나라의 흥망은 사세의 성패에 달리지 않고 다만 인민 기운의 강약에 달렸으니 청하건대 고금 역사의 기록한 사적을 보시오. 한 번 멸망한 나라는 천백 년을 지내도록 그 백성이 능히 다시 회복하고 일어나는 날이 있는가를. 이런 증거가 소연치 않소. 그런고로 오늘날 우리들이 동심동력하여 열심을 분발하면 어찌 부끄러움을 씻을 날이 없겠소. 나라가 위엄을 떨치고 나라 원수를 갚는 것이 우리들의 열심에 달렸소.

제군들이여, 이미 남의 아래에 굴복치 아니할 뜻이 있을진대 반드시 일을 하여 보아야 참 굴복하지 않는 것이 아니오. 제군들은 생각하오. 우리나라가 이 지경이 되어 위태함이 조석에 있으니 만약 아리안 성을 한 번 잃으면 우리나라는 결단코 보전치 못할 것이오. 그때가 되면 제군의 부모처자가 반드시 남의 능욕을 당할 것이오, 제군의 재산 분묘가 반드시 남에게 탈취된 바가 될 것이니, 그때에 이르러서 남에게 우마와 노예가 아니 되고자 하여도 할 수가 없을 것이오. 옛말에 이르기를 눈 없는 사람이 눈 없는 말을 타고 밤중에 깊은 못에 닿는다 하니 만일 한번 실족하면 목숨이 간곳없을 것이오. 정히 오늘날 우리를 위하여 하는 말이 아니겠소. 만약 급속히 일심으로 자기의 생명을 놓고 적국과 항거하치 않으면 이 수치를 어느 때에 씻으리오. 어서어서 천 사람이 일심하고 만 사람이 동성하여 사람마다 죽을 뜻을 두어 가마를 깨치고 배를 잠가서 한 번 불발하면 영국이 비록 하늘 같은 용략이 있다고 하더라도 우리나라가 어찌 적국에게 압복할 바가 되리오.

제군들이여 만약 살기를 탐하고 죽기를 겁내어 나라가 망할 때에 당도하면 남의 학대가 자심하여 살기가 괴로움이 도리어 죽어 모르는 것만 못할 것이오. 나는 본래 궁하벽촌의 일개 외롭고 약한 여자로서 재주와 학식은 없으나 다만 나라의 위태함을 통분히 여겨 국민된 한 분자의 의무를 다하고자 함이요, 차마 우리 국민이 남의 우마와 노예됨을 볼 수 없어 이같이 군중에 몸을 던졌나니 다행히 라비로 장군의 은덕으로 나의 고심혈성을 살피시고 나로 하여금 군사에 참여케 하시니, 오늘날 제군과 더불어 맹세하건대 몸으로 나라 일에 죽어 우리 국민을 보전코자 하오니, 제군들이여 이미 애국심이 있을진대 과연 어찌하면 좋겠는가. 기묘한 방책을 바라노라."

약 원수가 연설을 마치지 못하여 두 눈에서 눈물이 비 오듯 흐르면서 일장 방성통곡하자 여러 방청하던 사람들이 모두 감동하여 애통해하며 더운 피가 등등하여 찬탄을 하면서 이렇게들 말하였다.

"원수는 불과 일개 연약한 여자로서 저러한 애국열심이 있거늘, 우리들은 남자가 되어 대장부라 하면서 도리어 여자만 못하니 어찌 부끄럽지 않겠는가."

스스로 꾸짖는 자와 한탄하는 자와 주먹을 쥐고 손바닥을 비비며 살지 않고자 하는 자들이 일제히 소리를 질렀다.

"우리들은 오늘 맹세코 나라와 한가지로 죽을 것이요, 만약 나라가 망하면 우리도 단정코 살지 못하리라."

일시에 여러 남녀가 흉흉하여 조수 밀듯 샘물 솟듯 애국 열성이 사면에 일어나서 다 약 원수 휘하의 군사가 되기를 자원하니 그 형세가 심히 광대하였다.

정히 이 일개 여자가 애국성을 고동하여 백만 무리가 적국을 물리칠 기운을 떨치도다.

제8회

 각설하고, 이때 연설장에서 사람들이 일제히 약 원수의 군사가 되기를 자원하는 자가 많았는데, 약안 원수가 이르기를,
 "그대들이 이제 군중에 들어와 나라를 위하여 전장에 나가고자 한다면 마땅히 죽기를 동맹하고 일심병력하여 적군과 싸울지니 오늘부터 대열을 갖추고 군령에 복종하고 규율을 문란케 하지 말라."
고 다짐하고 이날 행군을 하였다. 또한 원근 촌락에 있는 백성들이 양초와 기계 등속을 가지고 모두 원수의 군중에 바치는 자가 끊이지 않았다.
 약 원수가 아리안 성의 십 리 밖에 이르러 진을 치고 적진을 살피니 산과 들에 들어선 것이 모두 영국 군사들로서, 기치창검은 일광을 가리고 금고함성은 천지를 진동하는데, 일편 외로운 성에는 살기가 참담하였다. 원수는 제장수들을 불러 상의하되,
 "이제 영국 군사들의 행세가 심히 굉장하며 낱낱이 날래고 싸움 잘하는 군사들일뿐더러 병기도 다 정리하여 놓으니 형세로 하면 능히 이기지 못할 것이다. 우리는 다만 애국열혈로 빈주먹만 쥐고 죽기를 무릅써 일제히 앞으로 나아갈 따름이니 비록 칼과 창이 수풀 같고 화살과 탄환이 비 오듯 할지라도 한 걸

음도 물러설 생각을 말고 다만 앞으로 나아가야 하오."
하고는 각각 군장을 단속하여 적진으로 달려드니 사람마다 애국하는 열혈이 분발하여 죽을 마음만 있고 살 생각은 없으므로 날랜 기운이 충천하여 하나가 백을 당할 듯하였다.

영국 군사가 아무리 많고 날래다 하더라도 이렇게 죽기로 싸우는 사람을 어찌 당하겠는가. 원수가 들어오는 형세가 바다에 조수 밀리듯 하므로 영국 군사가 자연히 한편으로 헤어지며 분분히 흩어졌다.

각설하고, 이때 아리안 성이 포위를 당한 지 이미 일곱 달이라. 타처 군사들이 구원하지 않고 군량 지원도 끊겨 장졸들이 다 주리고 궁핍하여 형세는 심히 위태로워 장차 하루아침에 함몰될 지경이었다. 비호로 공작은 근심을 이기지 못하여 홀로 성루에 올라 적진을 살폈는데, 홀연 어떤 장수가 금개은갑으로 백마에 높이 앉아 오른손으로 장검을 두르며 왼손으로 몸기를 잡고 군사를 몰아 비호같이 들어오는데, 영국 군사들이 분분히 추풍낙엽처럼 흩어지며 물결같이 헤어지고 있었다.

공작은 크게 놀라,

"어떠한 장수가 저렇듯이 영웅인고, 혹 꿈인가."
하고는 눈을 씻고 자세히 살펴보니 일개 여장군이 분명하였다. 대단히 의심하던 차에 원수는 벌써 성문에 이르러 공작이 급히

문을 열고 원수를 맞아 전후사정을 낱낱이 들으니 모두 원수의 애국충의를 흠탄하여 말하기를.

"원수는 천고 여자 중의 영웅이요 절세 호걸이라, 원수 아니면 우리 아리안 성 안의 사람들은 다 도마 위의 고기가 될 것이요, 불란서국이 다 멸망할 것을 하늘이 원수를 보내시어 우리 불란서국을 구제하심이오."

라 하였다.

곧이어 손을 잡고 술을 내어 군사들의 사기를 높이고자 하였으나, 원수가 이르기를,

"적군이 아직 성 밖에 있으니 내 마땅히 힘을 다하여 적병을 소탕하고 강토를 회복한 후에 국왕을 받들고 군신이 일체가 되어 쾌락하게 하겠소."

하고는 즉시 황금 갑옷을 입고 백마에 올라 오른손에 칼을 잡고 왼손에 몸기를 들어 군사를 지휘하며 성문을 열고 내달아 좌충우돌하니 영국 장군이 군사를 나누어 좌우 날개를 펴 맞아 싸우거늘, 원수가 기병을 몰아 그 가운데로 돌격하는데, 영국 장수가 다투어 원수를 사로잡고자 하여 사면으로 분주하게 몰려드나 원수는 몸이 나는 제비같이 동에 번쩍 서에 번쩍 칼빛이 번뜩하면 적병의 머리가 낙엽같이 떨어졌다.

영국 장졸들은 정신이 현란하고 진이 어지러워 대열을 잃고

말았다. 원수가 그제야 기병을 돌려 좌우로 치고 또한 보병을 불러 앞뒤로 공격하니 영국군이 대패하여 분분히 도망하였다. 원수가 그 군량과 무기를 모두 빼앗아 성안에 들여오는데, 성안에 있던 장졸들이 오랫동안 굶주리다가 무수한 양식을 보고, 또한 영국군의 패함을 보고 모두 만세를 부르는 소리가 우레같이 일어나며 용맹이 백배 더하였다.

원수가 이튿날 또 영국군과 싸워 수십 합에 영국군이 또 패하여 도망하자 원수는 장수들을 거느리고 뒤를 쫓아 공격하다가 별안간 복병이 일어나며 화살이 비 오듯 하였지만 원수는 겁내지 않고 좌우로 음살하다가 홀연 화살이 날아와 왼팔을 맞히며 원수가 말에서 떨어졌다.

영국군 장수들이 원수가 가졌던 몸기를 빼앗아 도망하자 원수는 홀연 몸을 솟구쳐 말안장에 뛰어오르며 오른손으로 화살을 빼 버리고 금포 자락을 찢어 팔을 싸고 나는 듯이 말을 달려 영국 장수를 베고 몸기를 도로 빼앗아 본진으로 돌아오니 양국 군사가 바라보다가 모두 이르기를,

"원수는 귀신이요, 사람이 아니다."
하였다.

이때 영국 새가로 장군이 불란서국에 여러 번 패하자 필경 이기지 못할 줄을 알고 남은 군사를 거두어 라아로 강을 건너 도

망하니 이때는 1429년 5월 8일이었다. 이에 아리안 성의 포위는 풀리고 불란서국 사람들이 약 원수의 공을 생각하여 약 원수의 별호를 아리안이라 부르고 큰 비를 세워 약 원수의 공을 새겨 천추만세에 기념하며 손을 잡고 술을 빚어 삼 일을 크게 잔치를 벌이며 만세를 부르며 무한히 즐거워하니, 이로부터는 원수의 명령을 복종하지 않는 사람이 없었다.

정히 일조에 능히 중흥할 업을 심으니 만세에 오래 불망할 비를 세웠도다.

제9회

차설하고, 아리안 성에서는 약 원수를 위하여 삼 일 동안 잔치를 벌이고 군사를 쉬게 하였다. 이때 약 원수가 이르기를,

"지금 우리 대왕이 아직 가면의례를 행하지 못하였으니 내 마땅히 강을 건너 영국군을 소탕하고 리목 성을 찾아 대왕의 즉위례를 행하리라."

하고는 즉시 군사 수만을 이끌고 라아로 강을 건너 리목 성을 향하니 이때는 추칠월 망간이었다.

가을바람은 삽삽하고 들꽃은 창창한데 한 곳에 당도하니 남

녀노소 수천 명이 수풀 아래에 누워 호곡하는 소리가 심히 슬펐다. 원수가 그 연고를 물으니 모두 통곡하며 말하였다.

"우리는 다 아모 고을에 사는데 태수가 영국에 항복하며 영국 군대를 성안에 들여 백성의 양식을 탈취하며 부녀를 겁간하여 부지할 길이 전혀 망연하옵기로 우리가 일제히 남부여대하고 각자 도생하여 장차 아리안 성으로 향하였는데 중도에 기갈이 들어 이곳에 누웠습니다."

원수가 이 말을 듣고 측은히 여겨 양식을 주어 기갈을 면케 하고 군사에게 명하여 아리안 성까지 호송하게 한 후 그날 밤 삼경에 영국군의 진영으로 달려들어 음상하니 원수가 선봉이 되어 공격하자 영국 군사들이 대패하여 사방으로 흩어졌다. 원수가 뒤를 쫓아 크게 계속 공격하여 영국군 대장 대이박을 사로잡아 성에 들어가 인민을 위로하며 어루만지고 항복한 관원을 잡아 국문에 효시하였다.

익일에 또 발행하여 리목 성을 공격하고 영국 군사를 무수히 죽이니 군사들의 위엄이 크게 진동하였다. 가는 곳마다 대적할 적들이 없어 영국 군사를 몰아내니 사방에 돌아와 항복하는 자들이 분분하여 잃었던 성을 다시 찾고 항복하였던 고을을 도로 다 찾아 거의 강토를 회복하였다. 이에 원수는 불란서국 왕을 맞아 리목에 이르러 장차 가면의례를 행하니 날을 택하되 곧 동

10월 8일이었다.

 원수가 각 도 각 성에 글을 내려 왕의 가면함을 반포하니, 이때 각 지방에 있는 관원이나 백성들이 다만 영국군만이 있는 줄로 알고 영국 군사들에게 복종하여 불란서 국왕이 있음을 모르다가 이제 공문이 전파되자 비로소 국왕이 있는 줄을 알고 또한 원수의 위엄을 두려워하여 다투어 조회하니 이로부터 그 근처 각 성이 불란서국의 명령을 받들고 비로소 통하였다.

 차설하고, 왕이 가면의례를 행하고 왕위에 올라 약안을 봉하여 공작을 삼아 상경의 위에 처하고 귀족에 참여하게 하자 약안은 군복을 입고 몸기를 잡고 엄연히 왕의 좌우에 모시니 불란서국 사람들이 보는 사람마다 눈물을 흘리며 서로 경사라고 일컬었다.

 하루는 약안이 부모를 생각하고 돌아가고자 하여 왕에게 하직하여 말하였다.

 "신이 본래 향곡에 빈한한 일개 여자로 간절히 나라 원수를 갚고 여러 인민의 재앙을 구제코자 나왔사오나 늙은 부모는 다른 자녀가 없고 다만 소신 하나뿐이온데, 봉양할 사람도 없고 또한 천한 자식을 생각하는 마음이 주야로 간절하온지라 어찌 사정이 절박하지 않겠습니까. 이제 천행으로 하늘이 도우시고 폐하의 넓으신 복으로 아리안 성을 구제하고 잃어버린 강토를

태반이나 회복하고 영국의 장졸을 무수히 구축하여 부끄러움을 조금은 씻었사오며 리목 성을 찾아 폐하께서 즉위하시어 가면의례를 행하셨으니 신의 지원을 조금은 이루었나이다. 오늘은 고향에 돌아가 부모를 섬기려 하오니 바라옵건대 폐하께서는 생각하옵소서."

약안의 눈물이 잠잠히 흘러 적삼을 적시었다. 이 말을 들은 불란서 국왕이 간절히 만류하며 말하였다.

"경이 아니면 짐이 어찌 오늘날 있으리오. 경의 은혜는 하해와 같으나 다만 경이 곧 없으면 적병이 또 들어와 분탕할 것이요, 지금까지 파리 성도 회복하지 못하였으니 청컨대 경은 짐을 위하여 조금 더 머물러 파리 성이나 회복하고 돌아가는 것이 짐의 간절한 바람이오."

이렇게 왕은 재삼 간청하였다. 약안은 본래 충의심장이기에 왕의 간청함을 듣고는 차마 떨치지 못하고 부득이 허락하고는 부모에게 글을 올려 사정을 고하였다.

정히 비록 공명은 일세에 빛날지라도 충과 효 둘 다 전하기는 어렵도다.

제10회

차설하고, 이때는 1430년이었다. 약안이 다시 원수가 되어 대군을 이끌고 파리 성을 회복하고자 하여 북방으로 향하여 나아갈 때 영국이 다시 군사를 도발하여 불란서국을 평정코자 하였다. 약안이 적장과 서로 싸워 여러 차례 영국군을 파하고 점점 파리 성으로 가까이 나아갔는데, 마침 강변 성의 수장이 사신을 보내어 구원을 청하였다.

"지금 영국군 수만이 본성을 철통같이 포위하고 야식의 길을 끊으며 성안에 있는 수십만 생명이 장차 물 마른 못 가운데 고기와 같사오니 원수께서는 급히 구해 주옵소서."

원수가 군사를 몰아 강변 성에 들어가 장졸을 위로하고 이튿날 싸우고자 하였는데, 이때 영국군이 약 원수가 강변 성안으로 들어가는 것을 보고 각처 군사를 모아 더욱 엄중히 포위하고 구원하고자 하는 길을 끊었다.

그 이튿날 원수가 날랜 군사 육백 명을 거느리고 성 밖으로 나아가 적군과 싸울 때, 원수의 수하 대군은 다 멀리 있고, 원수는 다만 육백 명을 거느리고 강변 성에 들어왔다가, 다만 육백 명만으로 영국군의 수만 군사를 대적하려 하였으니 어찌 적은 군사가 많은 군사를 당하겠는가. 싸우다가 필경 원수의 군사가 패하여 달아나므로 원수는 할 수 없이 몸기를 두르며 홀로 뒤에 서서 후진이 되어 오는 적병을 대적하나 영국 군사들이 감히 쫓지 못하고 오히려 스스로 물러갔다. 원수의 군사가 성문에 들어감을 보고 그제야 말을 달려 성문에 이르렀으나 성문은 닫혀 있었다. 원수가 크게 불러 문을 열라고 하여도 응하는 자가 없었다.

대저 이때 영국군이 여러 번 패하여 장졸들을 무수히 잃고는 분통한 한이 뼈에 사무쳐 약안을 구하여 죽이고자 하되 방책이 없었으나, 이에 비밀히 금백을 많이 내어 강변 성의 수장에게 뇌물을 주고는 그로 하여금 거짓 위급한 체하여 약안에게 구원을 청하였다가 문을 닫고 미리 힘센 군사로 하여금 성 밖에 매복하고 함정을 놓아 약안을 잡은 것이었다.

불인간당의 수장이 약안을 꾀어 영국군에게 중금을 받고 팔아먹은 것으로 영국군은 크게 기뻐하여 약안을 잡아다가 높은 망루에 두고 장차 죄를 얽어 죽이고자 하였다. 약안이 틈을 보아 높은 집 위에서 떨어져 죽기로 작정하되 이내 죽지 못하고 도리어 발각당하여 로앙 성의 토굴 안에 깊이 가두고 학대가 심하였으며 백방으로 죽일 계획을 생각하였으나 무슨 죄명을 얽을 수 없어 다만 그 신술을 가탁하고 우둔한 백성을 선동하였다 하니 이는 요망한 죄라고 하여 죽이려 하되 복종하지 않았다.

이에 법교 대심원으로 보내어 심판 처결하라 하니 법교원에서 여러 차례 심사하되 약안이 오히려 응연히 굴하지 않고 호령하였다.

"나는 비록 여자이나 일단 애국열심으로 나라를 위하여 부끄러운 욕을 씻고 적군을 물리쳐 인민의 환란을 목적으로 국민을 고동하여 충의를 격발케 하고 죽기를 무릅써 시선을 피하지 않고 전장에 종사함이 곧 국민의 책임이거늘 어찌 요술의 죄를 더하겠는가. 결단코 복종치 못하리라."

영국 사람이 그 불복함을 어찌할 수 없어 비밀히 꾀를 내어 약안을 정한 곳으로 옮겨 가두고 거짓 사나이 복장으로 약안의 평시와 같은 새 옷을 꾸며 약안의 앞에 버려 놓으니 약안이 그 새 옷을 보고 왕사를 추측하였다.

"나도 한때에 포다리고 장군과 불란서 국왕을 뵈올 때 저러한 의복을 입었더니 이제 옛날 풍의가 일부도 없도다."

이렇게 스스로 탄식할 때 그 곁에 소환하는 계집아이가 간절히 청하였다.

"낭자께서 저러한 의복을 입고 불란서 국왕을 뵈러 가실 때 그 풍채의 웅장하심을 세상이 다 흠탄하고 사람마다 한 번 보기를 원한다 하오니 원컨대 낭자는 저 복장을 한 번 입으시면 내 한 번 낭자의 옛날 풍채를 보고자 하나이다."

재삼 간청하거늘 약안이 그것을 계교인 줄 알지 못하고 그 의복을 갖추어 입고 그림자를 돌아보며 스스로 어여뻐 여겨 노래하고 춤추며 신세를 슬퍼하였다.

영국 사람이 그 곁에서 엿보다가 이것으로 요술의 증거를 잡아 드디어 좌도요망으로 사람을 혹하게 하고 법교를 패란케 한다는 법률에 처하여 로앙 시에 보내어 화형에 처하니 곧 1431년 9월이었다. 그 후에 불란서 국왕이 약안의 죽음을 듣고 슬퍼함을 마지아니하여 그 가족을 불러 벼슬을 주어 귀족이 되게 하고 상금을 주시니 불란서국 사람 또한 각각 재물을 내어 빛나고 굉장한 비를 죽던 땅에 세워 그 공적을 기념하고 불란서국 백성이 지금까지 약안을 높이 사모함이 부모같이 여기더라.

정히 가련하다. 장대한 영웅의 여자가 옥이 부러지고 구슬이 잠김은 국민을 위함이로다. 붉은 분총 중에 이 같은 사업은 꽃다운 이름이 몇 분이나 전하는고.

대저 약안은 불란서국 농가의 여자라. 어려서부터 천성이 총민하므로 능히 애국의 충의를 알고 항상 스스로 분발 열심하여 나라 구함을 지원하나 그때 불란서국의 인심이 어리석고 비루하여 풍속이 신교를 숭상하고 미혹한 마음이 깊으므로 약안이 능히 이팔청춘의 여자로 국사를 담당코자 하되 인심을 수습하여 위엄을 세워 온 세상 사람을 격발시켜 국권을 회복하고자 할 때에 불가불 신통한 신도에 가탁하여 황당한 말과 신기한 술법이 아니면 그 백성을 고동하지 못할 것인 고로 상제의 명령이라 천신의 분부라 청탁함이요, 실로 상제의 명령이 어찌 있으며 천신의 분부가 어찌 있으리오.

그런즉 총명 영민함은 실로 천고에 드문 영웅이라. 당시에 불란서국의 온 나라가 다 영국의 군병에게 압제당하는 바가 되어 도성을 빼앗기고 임금이 도망하고 정부와 각 지방 관리들이 다 영국에 붙어 항복하고 복종하며, 인민들은 다 머리 숙이고 기운을 잃고 마음이 재가 되어 애국심이 무엇인지 충의가 무엇인지 모르고 다만 구명도생으로 상책을 삼아 부끄러운 욕을 무릅쓰고 남의 노예와 소, 말이 되기를 감심하여 나라가 점점 멸망하였으니 다시 약이 없다 하는 이 시절에 약안이 홀로 애국심을 분발하여 몸으로 희생을 삼고 나라 구할 책임을 스스로 담당하여 한 번 고동에 온 나라 상하가 일제히 불같이 일어나 백성의 기운을 다시 떨치고 다 망한 나라를 다시 회복하여 비록 자신의 몸은 적국에 잡힌 바가 되었으나 이것으로 인해 인심이 일층이나 더욱 분발 격동하여 마침내 강한 영국을 물리치고 나라를 중흥하여 민권을 크게 분발하고 지구상 제일가는 강국이 되었으니 그 공이 다 약안의 공이 아니겠는가.

오륙백 년을 전하면서 불란서국 사람들이 남녀 없이 약안의 거룩한 공업을 기념하며 흠앙하는 것이 어찌 그렇지 아니하리오. 슬프다. 우리나라도 약안 같은 영웅호걸과 애국충의의 여자가 혹 있는가.

최찬식 대표 작품 해설

추월색

■ 작가에 대하여

최찬식 [崔瓚植, 1881. 8. 16. ~ 1951. 1. 10.]

호는 해동초인(海東樵人), 동초(東樵). 경기도 광주 출생. 어릴 때는 한학을 공부해서 사서삼경까지 마쳤고 서울로 올라와서 관립 한성중학교를 다녔다.

　《자선 부인회 잡지》에서 편집인을 역임하였고, 《반도시론》의 기자로 일하였다. 1907년에 소설 전집 《설부총서》를 번역한 뒤, 신소설을 창작하기 시작했다. 그는 작품 속에서 애국, 계몽, 자주독립 등의 정치적 이야기보다는 남녀 간의 애정 문제를 주로 다루었다. 대표작으로 《추월색》, 《안의 성》, 《금강문》, 《도화원》, 《능라도》, 《춘몽》 등이 있다.

추월색

◆ 작품 개관

최찬식의 대표작 〈추월색〉은 새로운 애정관과 신교육 사상 등을 담은 신소설이다. 1918년에는 영화로 만들어 단성사에서 상연할 정도로 인기를 끌었다.

◆ 줄거리

가을비가 그친 달밤에 한 소녀가 수심을 안고 서 있다. 그때 소녀에게 한 소년이 수작을 걸며 겁탈하려 한다. 소녀가 죽을힘을 다해 항거하자 소년은 칼로 소녀를 찌른다. 근처에서 이상한 소리를 듣고 한 청년 신사가 달려오자, 소년은 도망간다. 청년 신사는 소녀의 몸에서 칼을 빼내 구해 주지만, 경찰에게 범죄자로 몰려 체포된다.

그 소녀의 이름은 이정임이고, 청년 신사는 김영창이다. 정임과 영창은 어렸을 때 함께 자란 사이로, 두 부모는 아이들이 자라면 결혼시키기로 약조한다. 그러던 차에 영창의 아버지가 다른 곳으로 부임해 가면서 둘은 헤어진다.

그런데 영창이 이사를 간 초산에서 민란이 일어났다는 소식이 들려온다. 그때 정임의 집에도 불이 나서 집을 옮긴다. 이후 서로 소식을 알 수 없게 되었다.

정임이 열다섯 살이 되자, 정임의 부모는 정임을 강제로 결혼시키려 한다. 정임은 자신은 이미 영창과 혼인하기로 약조한 몸이므로 결혼할 수 없다고 말하지만 결혼식은 예정대로 추진된다. 하는 수 없이 정임은 부모 몰래 동경으로 도망친다.

정임은 동경에서 열심히 공부하여 매년 우등으로 진급한다. 하루는 친구의 초청으로 '일요 강습회'에 나갔다가 회장을 맡게 되고, 그곳에서 강한영이라는 남학생을 만난다.

정임은 대학을 졸업한 후, 강한영으로부터 청혼을 받지만 이를 거절한다. 정임은 고향으로 돌아가서 부모를 봉양하고 학교를 세워 후학들을 가르칠 결심을 한다. 정임은 어느 날 밤에 공원에 나갔다가 강한영을 만나 칼에 찔리는 변을 당한다.

영창은 초산에서 민란이 났을 때 부모와 헤어지고 죽을 뻔하였지만, 영국 문학 박사인 스미스를 만나 영국으로 가게 된다. 영국에서 영창은 훌륭한 청년 문학가가 되었고 양부인 스미스를 따라 일본으로 온다. 영창은 정임을 생각하며 공원을 산책하는데, 한 처녀가 변을 당하는 것을 보고 구해 주려다가 그만 살인 미수범으로 몰린다.

정임이 재판소로 가 보니 잡혀 있는 사람은 틀림없는 영창이었다. 둘은 마침내 해후하였고, 혼인하기 위해 본국으로 떠난다. 고향에 돌아와서 정임과 영창은 결혼식을 올린다.

정임과 영창은 만주로 신혼여행을 간다. 그곳에서 도적을 만나 영창은 나무에 묶이고 정임은 잡혀간다. 그곳에서 정임은 영창의 부모님을 우연히 만나고 그 일로 영창이 풀려난다. 조국으로 돌아와 영창과 정임, 그들의 부모님들은 술잔을 기울이며 기쁨을 나눈다.

◆ 주요 등장인물

이정임 미모와 재주가 뛰어나다. 지조가 곧다.
김영창 어릴 적에 부모와 떨어져서 고생을 하지만, 영국에서 훌륭한 청년 문학가가 된다. 정임에 대한 애정이 두텁다.

◆ 작가와 작품

남녀 간의 애정 문제

이 작품은 가을밤에 공원에 서 있는 소녀의 이야기로부터 시작된다. 소녀는 공원에서 자신에게 청혼하는 남자를 거절하다가 변을 당한다. 소녀가 남자의 청을 거절하는 이유는 분명하다. 자신에게는 어렸을 때부터 정혼한 남자가 있기 때문이다. 소녀는 그곳에서 위기를 겪지만 다행히 다른 청년의 도움을 받아 목숨을 건진다.

다음은 정임의 어린 시절로 거슬러 올라간다. 정임과 영창이 정답게 자란 일, 집안끼리의 혼인 약조, 부모의 타지 부임으로 인한 헤어짐 등의 이야기가 이어진다. 이 작품은 초반 부분에서 독자들의 흥미를 끈 후에 그에 관련된 이야기를 풀어낸다.

작가는 정임과 영창이 어떻게 자라고 어떻게 고난을 이겨 내는지 보여 준다. 〈추월색〉을 통해 작가는 이들의 사랑의 여정을 그려 내고, 그들의 고생이 행복한 결말로 마무리되는 것을 보여 준다.

◆ **작품의 구조**

역경을 극복한 사랑

〈추월색〉은 '행복-위기-극복-행복'의 흐름으로 진행된다. 이 작품은 유년 시절에 정임과 영창이 두텁게 정을 쌓으며 자라는 것으로 시작된다. 도입부의 공원 장면은 시간적으로 이후의 일이니, 두 남녀의 유년 시절이 가장 처음의 이야기라 할 수 있다. 그들의 행복은 오래가지 못하고 곧 기나긴 이별이 찾아온다.

정임과 영창이 헤어진 뒤 얼마 안 되어 민란이 일어나고 영창네 가족의 소식이 끊어진다. 이때부터 정임과 영창은 각자 위기에 맞닥뜨린다. 정임은 부모의 강요로 결혼할 상황에 놓이지만, 동경으로 도망친다. 동경으로 가는 도중에는 낯선 사람에게 납치되어 감금당하는 등의 어려움을 겪는다. 영창은 영창대로 민란에 부모와 헤어지고 죽을 고비를 겨우 넘긴다. 다행히 영국인의 도움으로 목숨을 구해 영국으로 간다.

하지만 그들은 위기를 극복해 낸다. 정임은 동경에서 대학을 졸업하고 영창도 영국에서 청년 문학가가 된다. 이들이 위기를 극복했을 때, 운명의 이끌림에 의해 다시 만난다. 서로에 대한 믿음과 정을 간직하고 있던 그들은 결혼하고, 헤어졌던 가족들도 만난다. 이렇게 이 작품은 두 남녀가 위기를 극복하고 행복한 결말을 맺는 구조로 진행된다.

◆ **작품의 감상과 수용**

우연성과 개연성

신소설은 고전 소설과 근대 소설을 잇는 교량 역할을 한다. 〈추월색〉은 신소설답게 고전 소설의 특징과 근대 소설의 특징을 고루 가지고 있다. 고전 소설에서는 우연적인 요소가 사건을 만들어 내고 그 요소에 의해 사건이 마무리된다. 근대 소설에서는 우연적 요소보다는 개연성이 강조된다.

〈추월색〉에서는 고전 소설에서 흔히 볼 수 있는 우연성과 근대 소설의 필수 요소라 할 수 있는 개연성이 공존한다. 이 점을 생각하면서 작품을 읽으면 〈추월색〉에 대한 감상뿐만 아니라 신소설 전반에 대한 감상폭도 넓어질 것이다.

◆ **작품에 반영된 현실**

개화와 교육

작품 속에서 정임과 영창은 모두 외국에 나가 공부한다. 그들이 외국에 나가는 계기는 위기에서 탈출하는 과정에서 이루어진다. 영창은 민란 속에서 영국인을 만나 목숨을 건져 영국으로 가게 되고, 정임은 영창을 잊고 결혼하라는 부모의 압박을 피해 도망치듯이 일본으로 건너간다. 그들이 외국으로 건너간 이유와 도착한 장소는 다르지만, 위기로부터 벗어나기 위한 방편으로 외국으로 떠났다는 것은 동일하다.

정임과 영창은 외국으로 건너간 데서 그치지 않고 열심히 공부한다. 정임은 일본에서 열심히 공부하여 우수한 성적으로 졸업하고, 영창 또한 영국의 문물을 배우고 익히는 데 힘쓴다. 정임은 대학을 졸업한 것에 그치지 않고 고향으로 돌아가 학교를 세워 후학들을 가르치기로 결심한다.

〈추월색〉에 나타난 정임과 영창의 성장 과정은 당시 사회에서 어떤 이들을 필요로 했는지를 보여 준다. 아직 발달하지 못한 우리나라에서 선진국의 문물을 배우고 익히며, 열심히 공부하는 일이 절실했다. 이러한 사회의 모습은 〈추월색〉에서 정임과 영창이 외국에서 공부에 힘쓰는 것으로 드러난다.

장지연 대표 작품 해설

애국부인전

■ **작가에 대하여**

장지연 [張志淵, 1864. 11. 30. ~ 1921. 10. 2.]

호는 위암(韋庵), 숭양산인(嵩陽山人). 경상북도 상주 출생. 1894년 진사 시험에 급제했다. 1905년 을사보호조약이 체결되자 〈황성신문〉에 '시일야방성대곡(是日也放聲大哭)'이라는 글을 발표하였다. 1906년 대한자강회를 조직하여 애국 계몽 운동을 벌였고, 1908년 해외로 망명하였다. 1910년 황현의 《절명시》를 〈경남일보〉에 게재하였다.

《애급근세사》,《중국혼》등을 번역하였고, 지리서인《대한강역고》,《조선유교연원》을 저술하였다. 그 밖에《위암문고》,《대한최근사》,《동국역사》등의 작품이 남아 있다.

애국부인전

◆ 작품 개관

1907년에 광학서포에서 발간한 번안 전기 소설이다. 백년 전쟁 때 프랑스의 잔다르크가 벌인 구국 항쟁을 내용으로 한다. 외세에 대항하는 잔다르크의 모습을 통해 우리 민족의 애국심을 고양하기 위해 창작되었다.

◆ 줄거리

오백여 년 전 프랑스의 한 농가에서 약안이라는 이름의 한 소녀가 태어났는데, 그녀는 천성이 총명하고 용모가 단아하였다. 약안이 하루는 들판에서 양을 먹이는데, 영국 군인이 프랑스를 침범하여 향촌으로 다니면서 재물을 탈취하였다. 약안은 숨어서 이를 보고 하늘의 상제에게 나라의 환란을 구원하고 적국의 원수를 갚게 해 달라고 소원을 빈다. 이때 하늘에서 소리가 들려오는데, 프랑스에 앞으로 큰 환란이 일어나니 그것을 구원해야 한다는 말씀이었다. 이에 약안은 장래를 대비해 문무를 갈고 닦는다.

프랑스와 바다를 사이에 두고 이웃한 영국은 근 백 년 동안이나 싸움을 지속해 왔다. 프랑스 정치인들은 국가의 위기 상황에서도 두 정파로 나뉘어 의견 일치를 보지 못했고, 프랑스는 점점 수세에 몰려갔다. 이때 프랑스 남방의 아리안 고을 지방만 영국에 대항해 프랑스 국왕을 지키고 있었다.

이때 약안의 나이는 십칠 세였다. 약안은 부모님께 하직하고 나라를 구하러 전쟁에 뛰어든다. 약안의 소문은 널리 퍼지고, 프랑스 국왕 샤이 7세는 영웅 여자가 나라를 구하러 군사를 일으켰다는 소식을 듣고 기뻐한다.

전투에 임하기 전에 약안은 단상에 올라 연설한다. 약안의 연설을 듣고 군사들의 사기가 하늘을 찌른다. 약안의 활약으로 한 영국과의 전투에서 프랑스가 승리한다. 약안이 싸우는 모습을 본 군사들은 입을 모아, 그녀의 용맹스러움을 칭찬한다. 한 번은 약안이 전투에 나갔다가 영국군에게 포위되어 붙잡힌다. 영국군은 그녀에게 억지로 죄인의 혐의를 씌워 화형에 처한다.

프랑스 사람들은 이후에도 약안의 이야기를 전하면서, 그녀의 애국심과 공을 기념하며 칭송한다.

◆ **작가와 작품**

애국의식 고취

〈애국부인전〉은 프랑스의 잔다르크에 대한 이야기이다. 그녀는 프랑스가 영국에 침략당하던 때에 태어났다. 나라가 위기에 처했을 때, 잔다르크는 소녀의 몸으로 군사를 일으켜 영국군을 프랑스에서 몰아내는 공을 세웠다.

작가는 이러한 잔다르크의 이야기를 소설로 엮어 냈다. 그는 프랑스의 잔다르크처럼 위기 상황에 놓인 우리나라를 구할 사람이 없는가 하고 묻는다. 작품의 마지막에서 "슬프다. 우리나라도 약안 같은 영웅호걸과 애국충의의 여자가 혹 있는가." 하는 부분에서 작가의 의도가 명확하게 드러난다.

◆ **작품의 구조**

인물의 일대기 구조

약안은 영국 군인이 한 마을을 침탈하는 것을 보고 나라를 구하겠다고 마음먹는다. 그 후로 그녀는 문무를 익히는 데 힘쓴다. 그녀가 열일곱 살 되던 해, 약안은 부모의 품을 떠난다. 당시 프랑스는 여전히 영국에 침략당하고 있었고 나라는 위기에 처해 있었다. 그런 상황에서 약안은 군사를 이끌고 영국군에 맞서 싸운다.

그녀는 하늘의 도움과 어렸을 때부터의 노력으로 영국과의 전투를 승리로 이끈다. 프랑스 국왕은 그녀의 공을 치하하고 계속 군사를 이끌어 달라고 부탁한다. 국왕의 부탁으로 전투에 나간 약안은 영국군에 붙잡혀 죽는다. 이렇게 〈애국부인전〉은 한 인물이 태어나서 죽기까지의 사건들을 다루고 있다.

◆ **작품의 감상과 수용**

프랑스의 잔다르크와 우리나라

이 작품은 프랑스의 영웅인 잔다르크의 이야기지만 프랑스인들이 읽도록 지은 것은 아니다. 작품 속에 실려 있는 내용은 프랑스 이야기이기는 하지만 우리나라에 적용할 수 있는 이야기이다. 결국 잔다르크의 애국심과 용기를 우리나라 사람들도 본받자는 의도에서 창작되었다고 볼 수 있다. 그러므로 프랑스와 우리나라의 상황, 잔다르크와 우리나라의 애국자들, 프랑스 영웅 이야기를 차용한 작가의 의도 등을 고려하며 작품을 감상하는 것이 바람직하다.

◆ 작품에 반영된 현실

외세의 침탈

장지연이 이 작품을 지은 시기는 우리나라가 일본에 위협을 느끼던 시기였다. 외국의 발전된 문물을 받아들이고 배워서 나라를 부강하게 만들었어야 했는데, 당시 우리나라는 그렇게 하지 못했다. 선진국의 발전된 기술과 문화를 배우지 못했으니 갈수록 뒤떨어질 수밖에 없었고 나라는 힘이 약해져 갔다.

약소국이 된 조국은 외세의 침탈을 받고 위태로운 상황에 놓이게 된다. 이웃나라 일본은 힘이 약한 우리나라를 호시탐탐 노렸고, 우리나라는 마치 바람 앞의 등불 같은 형국이었다.

이러한 현실 속에서 작가는 〈애국부인전〉을 집필한다. 프랑스의 위기 상황을 구해 낸 영웅 잔다르크의 이야기를 우리 국민에게 들려 줌으로써, 우리나라를 위기에서 건져 낼 인물이 나오기를 간절히 바란 것이다.

작품에서 배경으로 등장하는 프랑스의 상황은 장지연이 〈애국부인전〉을 쓰던 당시의 우리나라 상황과 비슷하다. 작품 속에서는 영국의 침략으로 프랑스가 위태로운 상황에 놓이지만, 작품이 창작되던 실제 현실에서는 우리나라가 일본에 위협당하고 있었다.

따라서 〈애국부인전〉에 나타난 배경과 당시의 우리나라 상황은 겹친다.《애국부인전》을 읽을 때, 작품에 직접적으로 등장하는 프랑스의 상황과 작품이 창작되던 당시의 우리나라를 생각하며 읽어 보도록 하자.